Una Novela del Universo Destrozado

Retrato de un T-Rex

Version Espanol/Ingles

Spanish/English Version

Enrique Guerra

Tabla de Contenidos

Table of Contents

A Shattered Universe Novella

Portrait of a T-Rex

Version Espanol/Ingles

Spanish/English Version

Enrique Guerra

También por Enrique Guerra

Novels

Abandon Hope

Novellas

A Slice of French Bread

Portrait of a T-Rex

Novelettes

Uranium Fairies

Capítulo 1: Choque

Algo había fallado en la nave estelar. Entró en la atmósfera del planeta y formó una larga columna de humo mientras volaba silenciosamente por el cielo. La tripulación trabajó apresuradamente para hacer reparaciones y corregir el rumbo. El ángulo se ajustó con éxito desde una caída directa hacia abajo a la tierra hasta un derrape y rebote horizontal.

La nave se arrastraba por el suelo a gran velocidad, desgarrando el paisaje y destruyendo todo lo que encontraba a su paso. A un grado mínimo, se utilizaron las armas de la nave para destruir los objetos en su paso. El escudo de energía atravesó diferentes superficies del casco de forma aleatoria y esporádica.

Dentro del la nave, muy pocos miembros de la tripulación habían podido ponerse los arneses que les permitían moverse a través del puente de mando y alrededor del la nave. Los arneses estaban conectados a brazos extensibles reforzados que amortiguaban y anticipaban los golpes y sacudidas. Esto les impedía volar por el cuarto debido a los frecuentes choques y saltos de la nave debido a los impactos.

Después de casi diez minutos, la nave finalmente se detuvo. Agotados, la tripulación respiró profundamente, aseguró los sistemas esenciales y luego se permitió sentarse o apoyarse contra una pared. A nadie le gustan los accidentes y a nadie le gustan las fallas del motor en una nave espacial.

El Capitán Dimetrous no estaba contento. Una supervisión de mantenimiento de rutina resultó en una falla catastrófica del sistema de propulsión. Confiaba en que su tripulación será diligente, pero algo salió mal en alguna parte. La mezcla de combustible se desequilibró de las proporciones requeridas y el desplazamiento resultó en una acumulación de un ingrediente sobre otros, lo que provocó una explosión. La química y la física se vieron interrumpidas en sus operaciones normales previstas. Ahora, su nave estaba en tierra.

—¡Reporte de daños!— él gritó. Como respuesta, una viga de soporte del techo cayó al suelo en la parte delantera del puente de mando, cerca de la pantalla de visualización, en medio de una lluvia de chispas eléctricas.

El primer oficial Ostdercroix se acercó al capitán con una tableta. "Varias estaciones están reportando. Los motores no funcionan. Estamos utilizando celdas de energía de emergencia. No hay capacidad de generación de energía. La tripulacion está apareciendo o siendo llevada a la enfermería. La mayoría están desaparecidos. Sólo un médico está vivo y disponible para ayudar a los heridos. Las comunicaciones son de corto alcance y limitadas a escala planetaria. No podemos mandar ningún mensaje del planeta y dejar alguien saber que nos hemos estrellado aquí".

Los dos hombres guardan silencio durante el siguiente momento. El capitán se limpia la sangre de la frente con la mano y con el puño de la camisa. Son reptilianos. Su forma corporal es tetrápodo bípedo. Caminan erguidos. Toda la tripulación proviene del mismo planeta.

—La atmósfera de este planeta es respirable y la temperatura es lo suficientemente alta como para resultar cómoda—, dijo el primer oficial.

—¿Hay alguna estimación de cuánto tiempo llevarán las reparaciones?

—El exterior del la nave ha sufrido daños considerables que puede que nos resulte imposible repararlos. El interior no es mucho mejor. Algunas explosiones dañaron la estructura. Actualmente no tenemos generación de energía y no está claro si podremos recuperar esa capacidad.

—¿Qué pasa con la baliza? ¿Se puede lanzar al espacio?

—Hasta el momento no hay ningún informe sobre la baliza. Se está investigando y pronto habrá una respuesta.

—Bien. Necesitamos hacer un inventario de todas las provisiones, averiguar la situación de la tripulación y determinar quién sobrevivió y está lo suficientemente sano para trabajar. También necesitamos explorar el medio ambiente de este mundo, incluyendo la flora y la fauna. Encuentra algunos soldados y colócalos como guardias. Establece un perímetro defensivo. No tenemos idea si existen formas de

vida lo suficientemente avanzadas como para
tener armas o civilización.

—Entiendo. Sera hecho.

Capitan Dimetrous

Chapter 1: Crash

Something had failed on the starship. It entered the planet's atmosphere and made a long line of smoke as it hurtled quietly across the sky. The crew worked hurriedly to make repairs and course corrections. The angle was successfully adjusted from a direct downward plummet into the ground to a horizontal skidding and bounce.

The ship scraped along the ground at high speed, tearing the landscape and destroying anything in its path. To a minimal degree, weapons were used to obliterate objects in their path. The energy shielding flashed across different surfaces of the hull randomly and sporadically.

Inside the ship, very few of the crew had been able to get into harnesses that allowed them to move across the bridge and around the vessel. The harnesses were connected to extendable reinforced arms that dampened and anticipated the shocks and jolts. This prevented them from flying across the room because of the frequent crashes and jumps of the ship due to impacts.

After nearly ten minutes, the ship finally came to a rest. Exhausted, the crew took a deep breath, secured essential systems, and then allowed themselves to sit or lean against a wall. No one likes a crash, and no one likes engine failures.

Captain Dimetrous was not happy. A routine maintenance oversight resulted in a catastrophic failure of the propulsion system. He trusts his crew to be diligent, but something went wrong somewhere. The fuel mixture became unbalanced from the required ratios, and the offset resulted in an accumulation of one ingredient over others, leading to an explosion. The chemistry and physics were disrupted from their intended normal operations. Now, his ship was on the ground.

"Damage report!" he shouted. As if in response, a roof support girder fell to the ground at the front of the bridge near the viewscreen in a shower of electrical sparks.

First Officer Ostdercroix approached the captain with a computer tablet. "Various stations are reporting. Engines are inoperable. We are using emergency power cells. There is no power generation capability. People are showing up or being brought to sick bay. Most are unaccounted for. Only one medic is alive and available to aid the injured. Communications are short-range and limited to a planetary scale. We cannot get any messages off the planet and let anyone know we have crashed here."

The two men are silent for the next moment. The captain wipes blood from his brow using his hand and the cuff of his shirt. They are reptilian. Their body form is bipedal tetrapod. They walk upright. The entire crew comes from the same planet.

"This planet's atmosphere is breathable, and the temperature is high enough to be comfortable," said the first officer.

"Are there any estimates as to how long repairs will take?

"The ship's exterior has suffered considerable damage, which may be impossible for us to repair. The interior is not much better. Some explosions damaged the structure. We currently have no power generation, and it is uncertain if we can recover that capability."

"What about the beacon? Can it be launched into space?"

"There is no report regarding the beacon as of yet. It is being researched, and an answer will be forthcoming soon."

"Good. We need to take stock of all provisions, figure out the situation with the crew, and determine who survived and is healthy enough to do work. We also need to explore this world's environment, including the flora and fauna. Find a few soldiers and place them as guards. Establish a defensive perimeter. We have no idea if there are life forms that are advanced enough to have weapons or civilization."

"I understand. It will be done."

Captain Dimetrous

Capítulo 2: Diente y Garra

El volcán entró en erupción violentamente, lanzando cenizas y rocas al aire durante horas. La tierra experimenta terremotos y temblores. La tierra y las plantas han quedado cubiertas por una capa de ceniza, y los animales se han ido alejando en busca de un lugar seguro.

Pasan los días y, más cerca al volcán, las corrientes de roca fundida que alguna vez fueron veloces se han ralentizado y están burbujeando lenta y suavemente. El brillo rojo de la roca líquida caliente es visible debajo de una capa oscura que se enfría y endurece.

Los dinosaurios sólo notaron el inconveniente de no tener comida y agua dulce disponible y se desplazaron en busca de otros lugares. Los dinosaurios son el animal supremo en este entorno. Han tenido un largo linaje y se han diversificado en multitud de formas.

El Tiranosaurio Rex es uno de esos animales. El sigilo es innecesario ya que su poder y velocidad son suficientes para vencer a la mayoría de los otros animales con los que desee darse un festín. Sin embargo, en esta ocasión, permanece inmóvil entre los altos árboles al acecho. Ha aprendido que otros animales siguen patrones de movimiento, senderos que se han convertido en un hábito, y espera a que pasen. Predice y anticipa la llegada de una gran manada de hadrosáuridos. Este T-Rex los ha visto a menudo.

Es temprano en la mañana y finalmente llega la manada. Se dirigen en dirección a un río para beber y bañarse. Hay hadrosaurios adultos machos y hembras y pequeños hadrosaurios jóvenes. Los pequeños son vigilados y rodeados por los adultos más grandes que los supervisan y protegen. El tiranosaurio está inmóvil y observa en silencio.

Saliendo en una rápida ráfaga y lanzando un tremendo rugido, asusta a muchos de los hadrosaurios, que empiezan a correr inmediatamente. Algunos pueden superar su sorpresa y mantenerse firmes para defender a los más pequeños. Están irremediablemente superados, pero sus descendientes tienen valor para ellos. Gritan agresivamente y se interponen entre los jóvenes y el depredador. Se produce un enfrentamiento durante varios minutos antes de que el tiranosaurio se lance hacia adelante con una muestra de crujir de dientes.

Los adultos son mordidos pero luchan por liberarse, dejando rasgones en la carne. Su pánico aumenta, corren y se hacen a un lado momentáneamente y se forma una abertura que permite al tiranosaurio acercarse a los animales más pequeños. A uno lo mete en su boca, lo muerde, grita de dolor, y pronto esta gimando cuando su vida llega a un final abrupto.

Chapter 2: Tooth & Claw

The volcano erupted violently, sending ash and rock into the air for hours. The earth experiences earthquakes and tremors. The land and plants have been covered in a layer of ash, and the animals have been moving away to find a safe place.

Days pass and closer to the volcano, the once rushing currents of molten rock have slowed and are bubbling slowly and gently. The red glow of the hot liquid rock is visible underneath a cooling and hardening dark layer.

The dinosaurs only noticed the inconvenience of not having food and fresh water available and moved in search of other locations. Dinosaurs are the apex animal in this environment. They have had a long lineage and have diversified into a multitude of forms.

Tyrannosaurus Rex is one such animal. Stealth is unnecessary as its power and speed are enough to overcome most other animals it may wish to feast upon. Nevertheless, on this occasion, it stands motionless among the tall trees in wait. It has learned that other animals follow patterns of movement, trails that have become a habit to use, and it waits for them to pass. It predicts and anticipates the arrival of a large herd of hadrosaurids. This T-Rex has seen them often.

It is early morning, and the herd eventually comes. They head in the direction of a river to drink and bathe. There are male and female adults and small young hadrosaurs. The small ones are looked over and surrounded by the larger adults who supervise and protect them. The tyrannosaurus is motionless and watches in silence.

Coming out in a quick burst and uttering a tremendous roar, it startles many of the hadrosaurs, who begin to run immediately. Some can overcome their surprise and keep their ground to defend the little ones. They are hopelessly outmatched, but their offspring have value to them. They yell aggressively and come between the young ones and the predator. It is a standoff for several minutes before the tyrannosaurus plunges forward with a show of gnashing teeth.

The adults are bitten but struggle free, leaving tears on their flesh. Their panic escalates, they run, and they move aside momentarily so that an opening allows the Tyrannosaur to target the smaller animals. One is taken into its mouth and screams out in pain and then whimpers as its life comes to an abrupt end.

Capítulo 3: Primer Oficial Ostdercroix

Casi toda la tripulación murió o está a punto de morir. La explosión inicial en el espacio y luego la radiación y la contaminación llevaron más a una muerte temprana. Los múltiples impactos mientras atravesábamos el paisaje, la sacudida del choque final y la desintegración de la mayor parte del la nave mataron y hirieron a más. Un puñado de otros están incapacitados y vivirán. De una tripulación de cien personas, sobreviven diecinueve, y sólo doce de nosotros estamos lo suficientemente bien como para estar activos y encargarnos de tareas esenciales.

Nuestras reservas de alimentos son bastante limitadas. Pequenos equipos salieron para recolectado lo que parecen ser frutos de árboles y arbustos, pero aún tenemos que analizarlos adecuadamente. Podemos terminar con dolores de estómago o, en el peor de los casos, envenenarnos. La caza es la otra opción que nos veremos obligados a emprender para recolectar algo de comer.

Los animales encontrados hasta ahora son criaturas amnióticas. Ponen huevos. Dependen del calor del sol para calentar sus cuerpos, pero también son mínimamente endotérmicos. Este mundo no se inclina hacia una mayor población de depredadores, lo que no se esperaría en ningún ecosistema, pero son los que se quedan en mi mente con más facilidad. Los encuentros con bestias gigantes, con las fauces abiertas llenas de dientes del tamaño de dagas, es una pesadilla que no se puede olvidar. También son sorprendentemente ágiles y rápidos.

La nave seguirá siendo nuestro refugio principal, pero estamos explorando el paisaje en busca de cuevas. También hemos estado cortando árboles y reuniendo materiales para construir refugios en otros lugares alejados del la nave. Es posible que tengamos que viajar a lo largo y ancho en busca de alimentos y materiales, y sería útil tener otros puestos de avanzada para mantenernos a salvo durante la noche.

Cuatro de nosotros realizamos tareas de guardia cuando todos están en la base. Lo reducimos a dos guardias cuando ocho de nosotros vamos en una expedición para cazar y recolectar huevos, verduras y frutas. Dos permanecen adentro para realizar tareas médicas y atender a los heridos y enfermos.

Todavía tenemos muchos sistemas de energía independientes, separados de los principales generadores de energía y herramientas de la nave, y los estamos utilizando para fabricar herramientas y equipos adicionales con madera, piedra y materiales locales. Debemos planificar para el día en que nos quedemos completamente sin poder.

La baliza no se puede reparar a menos que hurguemos y tomemos de otros equipos que necesitamos para sobrevivir. Necesitamos la baliza para que nos puedan encontrar. Alertará a las naves que puedan acercarse a este planeta de nuestro naufragio. Es posible que muramos lentamente a medida que nuestros suministros disminuyan. Eventualmente tendremos que canibalizar instrumentos y tecnología para que la baliza funcione con la esperanza de un eventual rescate. No debería ser pesimista. Fue registrado nuestra ruta de vuelo y nuestro destino, y se notará nuestra no llegada programada. Los esfuerzos de búsqueda comenzarán en unos días.

Puede que les resulte difícil encontrarnos. Puede que no haya suficientes señales de energía de nuestras tecnologías para detectarlas en la superficie de un planeta. Es posible que haya restos de nuestra nave en el espacio debido a la explosión. Les resultaría relativamente fácil encontrarlos. Aún así, su búsqueda abarcará varios años luz. Puedo esperar que sólo pasen unos días hasta nuestro rescate, pero pueden pasar meses o años. No quiero pensar que tal vez nunca suceda. No sabrán que estamos desaparecidos durante casi una semana.

El capitán y yo todavía mantenemos nuestro rango y desempeñamos nuestras funciones como líderes de grupo. No está claro si continuaremos así en el largo plazo. Inevitablemente, habrá días en los que alguien piense que tienen mejores ideas sobre cómo deberían funcionar las cosas aquí. Nuestros rangos y obligaciones son aspectos de otra sociedad y de otro mundo. Puede que tengan o no un lugar aquí.

Primer Oficial Ostdercroix

Chapter 3: First Officer Ostdercroix

Almost the entire crew was killed or are in the process of dying. The initial explosion in space and then the radiation and contamination took more to an early death. The multiple impacts as we scraped across the landscape, the jolt of the final crash, and the disintegration of most of the ship killed and injured more. A handful of others are incapacitated and will live. Out of a crew of one hundred, nineteen survive, and only twelve of us are well enough to be active and can take care of essential tasks.

Our food stores are quite limited. Small teams were sent out, and we have gathered what appear to be the fruits of trees and bushes, but we have yet to analyze them adequately. We may end up with stomach aches or, at worst, poisoning ourselves. Hunting is the other option we will be forced to undertake to gather something to eat.

The animals encountered so far are amniotic creatures. They lay eggs. They rely on the sun's heat to warm their bodies but are also minimally endothermic. This world does not lean toward a larger population of predators, which would not be expected in any ecosystem, but they are the ones that stay in my mind more easily. Encounters with the giant beasts, with gaping maws filled with teeth the size of daggers, is a nightmare that cannot be forgotten. They are also surprisingly agile and fast.

The ship will continue to serve as our main shelter, but we are scouting the landscape for caves. We have also been cutting trees and gathering materials to construct shelters in other locations away from the ship. We may have to travel far and wide in search of food and materials, and having other outposts to keep us safe at night would be helpful.

Four of us perform guard duties when everyone is at the base. We reduce that to two guards when eight of us go on an expedition to hunt and gather eggs, vegetables, and fruits. Two stay inside to take a turn at medical duties and care for the injured and sick.

We still have a lot of independent energy systems, separate from ships' main power generators and tools, and we are using them to make additional tools and equipment out of wood, stone, and local materials. We must plan for a day when we are entirely out of power.

The beacon cannot be repaired unless we scavenge and take from other equipment that we need to survive. We need the beacon so that we can be found. It will alert ships that may come near this planet of our shipwreck. We may die slowly as our supplies dwindle. We will eventually have to cannibalize instruments and technology to make the beacon functional in the hope of eventual rescue. I should not be pessimistic. Our flight path and destination were recorded, and our scheduled non-arrival will be noticed. Search efforts will be underway in a few days.

It may be hard for them to find us. There may not be enough energy signatures from our technologies for them to detect on the surface of a planet. There may be debris from our ship in space from the explosion. That would be relatively easy for them to find. Still, their search will span several light years. I can hope for only days to pass until our rescue, but it may be months or years. I do not want to think it might never happen. They will not know we are missing for almost a week.

The captain and I still maintain rank and perform our roles as group leaders. Whether we will continue this way in the long term is uncertain. Inevitably, there will be days when someone thinks they have better ideas on how things should be run here. Our ranks and obligations are aspects of another society and another world. They may or may not have a place here.

First Officer Ostdercroix

Capítulo 4: Capitán Dimetrous

No estamos tan desviados del rumbo. La navegación es mínimamente operativa, y a partir de los destellos que se puede obtener de las estrellas durante la noche, los mapas estelares que mapean los sistemas solares en la ruta en la que estábamos, la información que tuvimos en el último momento sobre dónde teníamos un estado de ubicación confirmado y la probable trayectoria en la que nos desviamos después de la explosión nos ubicaría en el tercer planeta de este sistema solar. Una serie de casualidades fortuitas nos permitieron evitar ser consumidos por los distintos planetas gigantes gaseosos. Podríamos haber aterrizado en el cuarto planeta, donde seguramente habríamos perecido, o podríamos habernos dirigido en el sistema solar directamente hacia el sol. Sí. Tuvimos suerte de haber quedado atrapados en el pozo de gravedad de este tercer planeta habitable.

Mi primer oficial me dijo que debería permanecer en la nave porque soy el capitán y el activo más valioso, pero no puedo quedarme confinado allí. Me siento incómodo y las expediciones me mantienen la mente ocupada. Allá afuera estamos reuniendo lo que necesitamos para sobrevivir. Es mejor que sentarse aquí y esperar, haciendo nada. Las reparaciones son importantes. No es nada.

Herbívoros y carnívoros han venido a investigar con cautela los restos de nuestra nave. Son animales grandes, reptiles no aviares, y tienen mucho en común con nosotros. Hay mamíferos, pero son criaturas pequeñas, casi intrascendentes, que no son más que un pequeño bocado de comida para cualquier criatura que yo haya visto en este mundo. Parece una lástima tener que matar a los animales que se acercan al la nave, pero tendremos que conservar nuestros suministros de alimentos si la situación se vuelve más difícil.

Es poco probable que los siete miembros de la tripulación gravemente heridos en la enfermería sobrevivan. Quizás tenga que dar la orden a los médicos para que suspendan el tratamiento, ya que podríamos guardar esos suministros para nosotros mismos. Solicitaré su valoración en unos días más sobre sus posibilidades de recuperación total.

Nuestra carga ha sobrevivido y las cajas que contienen valiosos equipos son duraderas. Cuando el casco del de la nave se abrió, muchas cajas cayeron sobre el paisaje a lo largo de kilómetros. Estamos trabajando en recuperar este inventario. Hay cosas en los contenedores que pueden resultar útiles.

—Capitán.

El navegante interrumpe mis pensamientos y ha venido a hablar conmigo. Es un joven reticente y muy educado. Su paciencia es notable. He notado que a menudo necesita hablar con alguien, pero elige no interrumpir ni imponer su presencia. Espera que el reconocimiento y la atención caigan sobre él. A veces, eso puede tomar mucho tiempo y ciertamente no es un uso eficiente de su tiempo ni de los requisitos de las operaciones del la nave. Que haya roto su patrón e interrumpido mis meditaciones puede indicar una preocupación seria.

—Sí.

—Le pido perdón por interrumpir su concentración e inmiscuirse en sus pensamientos. Tengo algo preocupante que informar.

—Adelante. Dime qué tienes en mente.

— He estado estudiando los mapas estelares y los datos de los sensores sobre los movimientos y la dinámica de los objetos dentro de este sistema solar. He encontrado algo. He realizado algunas simulaciones y proyecciones y he llegado a la conclusión de que este mundo está preparado para sufrir un gran impacto en los próximos días. La resolución es baja, pero existe la certeza de que un asteroide, quizás un grupo reducido de asteroides, está en curso de colisión con este mundo.

— Muéstrame tu trabajo. Muéstrame los datos y tus simulaciones.

Entramos al la nave y encontramos una consola. Obtiene los datos y luego las simulaciones. Es verdad. Algo va a chocar con este planeta dentro de varios días. Tendremos una mejor idea de la magnitud de esta colisión cuando esos objetos se acerquen

—¿Cuánto tiempo pasará hasta que podamos comprender mejor el tamaño y la masa de esos objetos?

— Otro ciclo solar, dos como máximo. Según los datos actuales, anticipo que será enorme.

— Gracias por informarme sobre esto. Parece que nuestro tiempo es corto. Necesitamos lanzar esa baliza lo antes posible. Tenemos que alertar a alguien de la peligrosa situación en la que nos encontramos. Podemos esperar que alguien llegue a tiempo para rescatarnos.

Circunstancias fortuitas, es lo que habia pensado, que teníamos suerte de aterrizar aquí. Pensé que el peor de los casos era que tendríamos que vivir el resto de nuestras vidas en este planeta. Sólo hemos retrasado nuestra muerte unos días. Este mundo es un objetivo de bombardeo de asteroides que causarán daños catastróficos en todo el mundo.

Chapter 4: Captain Dimetrous

We are not that far off course. Navigation is minimally operational, and from the glimpses it can gather of the stars at night, the star charts mapping solar systems on the route we were on, the information we had at the last moment where we had a confirmed location status, and the likely trajectory we strayed onto after the explosion would place us on the third planet of this solar system. A series of fortuitous happenstances allowed us to avoid being consumed by the various gas-giant planets. We could have landed on the fourth planet, where we would have surely perished, or we could have gone into the interior of the solar system straight into the sun. Yes. We were lucky to have been caught in the gravity well of this third habitable planet.

My first officer told me I should remain on the ship because I am the captain and the most valuable asset, but I cannot stay confined there. I feel uneasy, and going out on expeditions keeps my mind busy. Out there, we are gathering what we need to survive. It beats sitting here and waiting, doing nothing. Repairs are important. It is not nothing.

Herbivores and carnivores have come to cautiously investigate the remains of our ship. They are large animals, non-avian reptiles, and have a lot in common with us. There are mammals, but they are small, nearly inconsequential creatures that are but a tiny morsel of food for any creatures I have seen in this world. It seems a bit of a shame to have to kill the animals that come near the ship, but we will need to conserve our food supplies if the situation gets more difficult.

The seven critically injured crew members in the sick bay are unlikely to survive. I may have to give the order to the medics to withhold treatment as we could save those supplies for ourselves. I will ask for their assessment in a few more days regarding their chances of full recovery.

Our cargo has survived, and the cases containing valuable equipment are durable. When the ship's hull was torn open, many cases dropped across the landscape for kilometers. We are working on recovering this inventory. There are things in the containers that can be useful.

"Captain."

The navigator interrupts my thoughts and has come to speak with me. He is a reticent, very polite young man. His patience is remarkable. I have noticed that he may often need to talk to someone but will choose not to interrupt or impose his presence. He waits for recognition and attention to fall upon him. Sometimes, that can take a long time, and it is certainly not an efficient use of his time or the requirements of the ship's operations. That he should have broken his pattern and interrupted my meditations may indicate a serious concern.

"Yes."

"Begging your pardon for interrupting your concentration and intruding on your thoughts. I have something of concern to report."

"Go ahead. Tell me what is on your mind."

"I have been studying the star charts and sensor data on the movements and dynamics of objects within this solar system. I have found something. I have run a few simulations and projections and concluded that this world is set for a major impact in the next few days. The resolution is low, but there is a certainty that an asteroid, perhaps a tight cluster of asteroids, is on a collision course with this world."

"Show me your work. Show me the data and your simulations."

We go inside the ship and find a console. He pulls up the data and then the simulations. It is true. Something is going to collide with this planet several days from now. We will have a better reading of the magnitude of this collision when those objects get closer.

"How long until we can better understand the size and mass of those objects?"

"Another solar cycle—two at most. Based on the current data, I anticipate it will be enormous."

"Thanks for bringing this to my attention. It looks like our time is short. We need to get that beacon launched as soon as possible. We have to alert someone of the dangerous situation in which we find ourselves. We can hope someone arrives in time to rescue us."

Fortuitous circumstances, I had thought we were lucky to land here. I thought the worst case was that we would have to live the remainder of our lives on this planet. We have only delayed our death by a few days. This world is a target for bombardment by asteroids that will cause worldwide cataclysmic damage.

Capítulo 5: Navegante Phillips

El capitán ha sido muy amable y paciente. Pude darle información importante sobre nuestra situación en este mundo. Tenemos muy poco tiempo. Se ha descubierto una red de cuevas y debemos trasladar allí todos nuestros suministros. Es un excelente lugar para buscar protección, ya que existen embalses y ríos subterráneos. También hay una variedad de peces y otras formas de vida en el agua que podemos consumir. Nuestro biólogo debe estudiar más a fondo este entorno para determinar qué es comestible.

El ingeniero jefe trabaja solo en la baliza. Le ayudaré. Les había enviado a mis padres un mensaje antes del accidente. Espero que lo reciban. Pensarán que estoy bien, pero ahora no puedo decirles lo contrario. Las comunicaciones están caídas. La muerte pronto puede golpear este mundo. Desearía haber tomado muchos otros caminos u otras carreras, pero aquí es donde estoy y no hay forma de alterar esa realidad. Sabía que podía haber peligro, al igual que mis padres y mi familia. No hay nada que hacer excepto hacer el mejor esfuerzo para sobrevivir e ignorar el vacío y el miedo en la boca del estómago. Confío que el capitán hará lo mejor que pueda; tal vez haya una oportunidad de volver a ver a la familia.

Navegante Phillips

Chapter 5: Navigator Phillips

The captain has been very kind and patient. I was able to give him important information regarding our situation in this world. We have very little time. A network of caves has been discovered, and we are to move all our supplies there. It is an excellent place to seek protection, as there are underground reservoirs and rivers. There are also a variety of fish and other life in the water that we can consume. Our biologist must study this environment further to determine what is edible.

The chief engineer is working alone on the beacon. I will help. I had sent a message to my parents before the crash. I hope they receive it. They will think I am well, but I cannot tell them otherwise now. Communications are down. Death may soon strike this world. I could wish I had taken many other paths or other careers, but this is where I am, and there is no altering that reality. I knew there could be danger, as did my parents and family. There is nothing to do except make the best effort to survive and ignore the emptiness and fear in the pit of my stomach. Trust the captain to do his best; maybe there will be an opportunity to see family again.

Navigator Phillips

Capítulo 6: El Biólogo Andrews

Hemos estado ampliando nuestra exploración de campo más lejos del la nave en varias direcciones diariamente. Cada noche regresamos a la nave. El capitán ha sugerido que hagamos una parada nocturna en el campo y luego sigamos adelante al día siguiente para que podamos comprender mejor el paisaje. Creo que es una buena idea. Es una lástima que no tengamos ningún equipo aéreo o drones para enviar a investigar.

Los animales que hemos visto pertenecen al mismo clado que nosotros. Son amniotas. Todos ponemos huevos y producimos nueva vida de esta manera. Exhiben los mismos comportamientos de los depredadores y las presas y tienen cuerpos similares. Este grupo de animales son todos tetrápodos y endoesqueléticos. También hay muchos hexápodos exoesqueléticos, muy parecidos a los de nuestro mundo. Los insectos gobiernan el mundo. En un mundo tan lejos de casa, tenemos un entorno que conduce a una evolución convergente de formas similares a nuestro planeta.

Hay un espectro de conciencia, percepción e inteligencia. Los animales tienen diferentes habilidades y se dedican a sus tareas de supervivencia diaria.

Debemos tener cuidado de no ser víctimas de depredadores grandes o pequeños. No dudarán en comernos si ven que pueden ganar energía. Ni por un segundo pensarán que somos en la imagen de Dios y que deben respetarnos y dejarnos en paz. Somos algo que pueden comer, y si no sacamos nuestras armas para defendernos, nos consumirán.

Llevamos aquí cuatro días y no hay señales de ninguna forma de vida capaz de formar una civilización. No existe organización política entre ninguno de los animales. Nuestro pueblo descendió de los antiguos reptiles. Hemos especulado que la inteligencia podría producirse a lo largo del tiempo evolutivo a partir de varios grupos de animales en diferentes grados, y algunos pueden traspasar un umbral para construir tecnologías y estructuras que sean

monumentos a su grandeza. Pudimos nosotros
pasar por ese tamiz. ¿Qué podría producir este
mundo algún día? ¿O tal vez ya ha producido
muchas civilizaciones que se degeneraron al
polvo hace milenios?

Los animales que veo en este mundo me
recuerdan de mis visitas a los museos de historia
natural. Los fósiles de nuestro mundo fueron
estudiados, organizados y dispuestos para su
exhibición. Algunos van acompañados de obras
de arte para ilustrar cómo podrían haber sido
cuando estaban vivos en sus entornos naturales.

No creo que hayamos viajado en el
tiempo, pero estos animales parecen ser
versiones vivas de los fósiles de nuestros
museos. Podría ser simplemente una evolución
convergente o tal vez algo más. Podría ser un
problema para un físico. Cuando regresemos al
la nave, miraré nuevamente los datos sobre las
masas terrestres y la geología de este mundo. Lo
miraré desde una perspectiva diferente. No había
considerado compararlo con los movimientos de
las placas tectónicas de nuestro planeta y la
disposición de las masas terrestres a lo largo de

la historia. No me sorprendería ver masas de
tierra y arreglos de los continentes similares.

Biologist Andrews

Chapter 6: Biologist Andrews

We have been expanding our field exploration further away from the ship in several directions daily. Each night, we return to the ship. The captain has suggested that we take an overnight stop out in the field and then proceed further the following day so that we can get a better understanding of the landscape. I think it is a good idea. It is too bad we do not have any aerial equipment or drones to send out to do some investigation.

The animals we have seen are in the same clade as ourselves. They are amniotes. We all lay eggs and produce new life in this manner. They exhibit the same behaviors of predators and prey and have similar bodies. This group of animals are all tetrapods and endoskeletal. There are also many exoskeletal hexapods—much the same as in our world. Insects rule the world. In a world so far from home, we have an environment leading to convergent evolution of forms similar to our planet.

There is a spectrum of consciousness, awareness, and intelligence. The animals have different abilities and go about their business of daily survival.

We must be careful not to fall prey to large or small predators. They will not hesitate to eat us if they see there is energy to be gained. They will not for a second have the thought that we are in the image of god and that they should respect us and leave us alone. We are something they can eat, and if we don't pull out our weapons to defend ourselves, they will consume us.

We have been here four days, and there is no sign of any life forms capable of forming a civilization. There is no political organization among any of the animals. Our people descended from the ancient reptiles. We have speculated that intelligence could be produced through evolutionary time from various animal groups to different degrees, and some may pass a threshold to construct technologies and structures that are monuments to their greatness. We were able to pass through that sieve. What could this world produce someday? Or perhaps it already has produced many civilizations, and they degenerated back into dust millennia ago?

The animals I see in this world remind me of my visits to the natural history museums. The fossils of our world were studied, organized, and arranged for display. Some have accompanying artwork to illustrate what they may have been like when they were alive in their natural environments.

I do not believe we have traveled through time, but these animals seem to be living versions of the fossils in our museums. It could just be convergent evolution or maybe something else. It could be a problem for a physicist. When we return to the ship, I will look again at the data on this world's land masses and geology. I will look at it from a different perspective. I had not considered comparing it to our planet's tectonic plate movements and land mass arrangements throughout history. I would not be surprised to see similar land masses and arrangements of the continents.

Biologist Andrews

Capítulo 7: Ingeniero Jefe Hyskotian

Nadie ha dicho que yo tenga la culpa de que hayamos naufragado en este planeta, pero supongo que la culpa eventualmente la tengo yo. Estoy a cargo de asegurarme de que la nave funcione como debería. Todos los sistemas deben funcionar según lo diseñado. Delego y confío en que todos sean competentes, informados y dignos de confianza, pero las cosas suceden de todos modos.

Por lo que veo aquí en los informes de daños y los escaneos que puedo hacer, tenemos suerte de no vernos volado en pedazos en el espacio. Lo único que hubría llegado a este planeta serían pequeños trozos de la nave ardiendo en la atmósfera como micrometeoritos.

El motor y la propulsión no tienen remedio y no perderé el tiempo pretendiendo que se puede hacer algo al respecto. No tenemos las piezas y no podemos producirlas aquí.

He estado revisando escaneos de sensores del espacio mientras viajábamos a través del pasaje del agujero de gusano, y hay algo extraño en los datos. Si hubiera sobrevivido suficiente tripulación, habría asignado a alguien para continuar esta investigación y traerme respuestas. Habrá que esperar. Mi curiosidad normal puede mantenerme buscando comprender este misterio, pero necesito dejarlo en paz y comenzar a trabajar en la baliza.

Nuestra esperanza reside en que la baliza se ponga en funcionamiento y se lance con éxito. Tendré que recoger piezas de sistemas de naves que antes eran esenciales y ahora inoperables. Les dare nuevo proposito. La radiación ha sido neutralizada, pero eso llevó la mayor parte del día. Ahora puedo acceder a más equipos y materiales. La baliza no necesita mucho. Sobrevivió al aterrizaje forzoso con sólo unos pocos golpes y debería estar listo para despegar en unas pocas horas.

Le pedí al capitán que me permitiera revisar la carga que llevamos a bordo. Podemos usar cosas de los materiales legales e ilegales que llevamos. Somos una nave del gobierno, pero eso no nos impide obtener un pequeño beneficio en pequeñas formas. Lo que es ilegal para los habitantes de este mundo no necesariamente lo es para nosotros desde nuestra perspectiva. Deseamos proyectar una imagen de respeto diplomático por las costumbres y leyes de las personas con las que negociamos. Aún así, es necesario que todos los gobierno hagan algunas cosas para recopilar información de inteligencia y fomentar la cooperación. Es necesario engrasar los engranajes y las ruedas. Tenemos armas, equipos y sustancias químicas que llevábamos a varios clientes. Es extraño hacer un esfuerzo por forjar nuevas conexiones de una manera y luego socavarlas de otra manera. Es posible que nunca reciban nada de eso. Nuestra misión principal también está en suspenso, pero no es algo de lo que deba preocuparme directamente.

Ingeniero Jefe Hyskotian

Chapter 7: Chief Engineer Hyskotian

No one has said I am at fault for our being shipwrecked on this planet, but I suppose the blame eventually rests with me. I am in charge of making sure the ship operates as it should. All systems are to function as designed. I delegate and trust everyone to be competent, knowledgeable, and trustworthy, but things happen anyway.

From what I see here on the damage reports and the scans I can make, we are lucky we were not blown to pieces out in space. The only thing that would have arrived on this planet would be small pieces of the ship burning up in the atmosphere like micrometeorites.

The engine and propulsion are hopelessly beyond repair, and I will not waste time pretending something can be done about it. We do not have the parts and can't produce them here.

I have been going through sensor scans of space as we traveled through the wormhole passage, and there is something odd about the readings. If enough crew had survived, I would have assigned someone to continue this investigation and bring me answers. It will have to wait. My normal curiosity can keep me searching to understand this mystery, but I need to leave it alone and start the work on the beacon.

Our hope lies in the beacon being made operational and launching it successfully. I will have to scavenge parts from now inoperable, formerly essential ship systems. The radiation has been neutralized, but that took the better part of a day. I can now access more equipment and materials. The beacon does not need much. It survived the crash landing with only a few bumps and should be ready to launch in a few hours.

I have asked the captain to allow me to go through the cargo we carry onboard. We can use things from the legal and illegal materials we carry. We are a government ship, but that does not prevent us from making a little profit for ourselves in small ways. What is illegal for the inhabitants of this world is not necessarily unlawful for us from our perspective. We wish to project an image of diplomatic respect for the customs and laws of the people we negotiate with. Still, some things are necessary for every government to do to gather intelligence and encourage cooperation. Gears and wheels need to be greased. We have weapons, equipment, and chemical substances that we were taking to various clients. It is strange to make an effort to forge new connections in one way and then undermine them in other ways. They might never receive any of it. Our primary mission is also on hold, but that is not for me to worry about directly.

Chief Engineer Hyskotian

Capítulo 8: Príncipe Neoraken

Parece que me he subido a la nave equivocado. Esto va a ser un retraso desafortunado. En las negociaciones de paz, se esperaba que yo representara los intereses de una de las partes en el conflicto. He pasado años en este mundo y comprendo las preocupaciones de la gente. Me pidieron específicamente que regresara porque creen que puedo ayudar a resolver los detalles finales, para los que no parece haber ningún compromiso. Han pasado solo unos meses desde que me reasignaron para servir en otro mundo. Me siento honrado de que crean que puedo lograr un avance. El año de trabajo de varios negociadores puede desmoronarse si alguien no se da cuenta pronto de que estamos perdidos y me consigue llegar a esas reuniones.

Están discutiendo sobre detalles que tienen más que ver con un sentido del honor y el prestigio que con un verdadero obstáculo. Espero poder reformular las cosas de modo que su comprensión de los acuerdos tranquilice y respete las preocupaciones de todas las partes. Me siento confiado y espero que esa confianza esté justificada. Se me pidió específicamente que estuviera presente en la conferencia final. Tengo la esperanza de que podamos pasar a la firma de los documentos. No hay mucho más que negociar en este momento, pero soy el representante de alto rango de nuestro gobierno que se espera que esté presente, un príncipe del imperio y el ministro de asuntos exteriores.

El aterrizaje forzoso fue una experiencia horrible. Tengo la suerte de no estar entre los muertos. Las luces se encendían y apagaban y nos sacudíamos violentamente en los asientos mientras estrellábamos y, supongo, patinábamos sobre la superficie durante kilómetros. Todo ese ruido de metal al rasgarse y desgarrarse y las diversas alarmas y bocinas eran inquietantes.

Si no asisto a la conferencia de paz, el alto el fuego no se mantendrá y la rebelión seguramente se reanudará. Si no estoy allí será vista como un insulto. Pensarán que es de mala fe proponer una solución y no llevarla a cabo. Se han logrado muchos avances en los últimos meses y estamos muy cerca del punto de firmar los documentos para arreglar nuestros acuerdos.

Como los invasores, colonizadores e imperialistas, sabemos que llegará un momento en que la relación tendrá que cambiar. Quieren una parte de los beneficios de los recursos que extraemos de su mundo. Tecnología, atención médica, educación, distribución de la riqueza; quieren que se haga de manera justa. No desean seguir siendo proveedores de materias primas. Quieren industrializar y desarrollar sus productos únicos y mejores empleos que requieren más educación y sofisticación técnica. La más grave de nuestras ofensas es que no aprecian nuestra extracción y la contaminación que creamos. Hemos contaminado sus ríos, tierras de cultivo, aire y cuerpos.

Pueden ser preindustriales, pero saben cómo rebelarse violentamente. No hemos sido capaces de imponer un bloqueo exitoso del planeta para impedir el contrabando de armas a manos de los rebeldes. Algunos de nuestros ciudadanos deben darles armas, ya que pueden simpatizar con su causa o simplemente quieren sacar provecho. ¿De qué otra manera podemos explicar su posesión de armas de fuego más allá de sus medios tecnológicos para fabricarlas? Otro mundo también podría estar involucrado, y probablemente lo esta, en el suministro de la rebelión.

En este punto, también me siento algo de solidaridad con su causa, pero debo representar los intereses de mi gobierno. He llegado a comprender personalmente sus preocupaciones y, antes de partir hacia mi nueva misión, me dieron visitas guiadas por su paisaje para presenciar el daño que hemos causado a su medio ambiente.

También me presentaron a muchos individuos adultos que sufren enfermedades y me han mostrado los defectos de nacimiento y malformaciones de sus hijos. Las personas sólo pueden resistir cierta cantidad de contaminación antes de que afecte significativamente a sus cuerpos. Esto está mucho más allá de la capacidad de sus curanderos y nuestros médicos para remediarlo.

Algunas personas sabían que esto sucedería. Este no es el primer mundo que colonizamos para la extracción de recursos, y ellos no son las primeras personas de las que abusamos. No está en la educación pública que recibimos cuando somos niños. No es hasta la universidad que empezamos a aprender y a tener una visión más completa de la historia de nuestro mundo y sus relaciones con otros mundos.

Soy solidario. Entiendo sus preocupaciones. En casa, en nuestro mundo, algunas organizaciones abogan por los pueblos indígenas de estos mundos, y yo podría haberme unido a ellos. Hace muchos años, cuando era joven, podría haberme hecho miembro y protestado de alguna manera. Sin embargo, hubiera sido un escándalo que un príncipe lo hiciera. En cambio, me hice diplomático.

Aunque estas organizaciones y defensores han crecido y han influido a la conciencia y la opinión pública, su influencia y poder para lograr cambios son todavía mínimos. Sentí que tenía más posibilidades como agente del gobierno de participar en la mejora de las condiciones de estas personas y sus mundos. La realidad es que realmente no tengo la libertad de elección que esperaba.

Mi objetivo final es representar al gobierno, pero puedo comunicar las preocupaciones de la población local y las motivaciones de su rebelión armada a mis superiores. Puedo tratar de provocar cierta compasión a pesar de las presiones de los intereses económicos y el hambre de recursos.

Los esfuerzos de tantas personas pueden haber sido en vano si sigo varado en este mundo. Me han puesto en la posición de ser el único que puede llevar las cosas a una conclusión positiva y poner el clavo final en la estructura de paz que hemos trabajado para establecer. Mi opinión es que la explotación continuará para que los agravios sigan alimentando la guerra.

Estoy seguro de que el capitán es consciente de mis necesidades y preocupaciones. Hablaré con él nuevamente. He tenido paciencia durante más de un día, permitiéndoles a todos hacer reparaciones y lo que sea necesario, pero la paciencia entra en conflicto con la urgencia que siento por llegar a mi destino.

Prince Neoraken

Chapter 8: Prince Neoraken

It seems I got on the wrong ship. This is going to be an unfortunate delay. At the peace negotiations, I was expected to represent the interests of one of the parties in the conflict. I have spent years in this world and understand the people's concerns. They asked for me specifically to return as they believe I can help sort out the final details, for which there seems to be no compromise. It has only been a few months since I was reassigned to serve on another world. I am honored by their belief that I can provide a breakthrough. The year of work by various negotiators may fall apart if someone does not soon realize we are lost and get me those meetings.

They are arguing over details that have more to do with a sense of honor and prestige than a true roadblock. I expect I can rephrase matters so that their understanding of the agreements reassures and respects all sides' concerns. I feel confident, and I hope that confidence is justified. I was specifically requested to be present for the final conference.

It is my hope we can move on to the signing of documents. There is little more to negotiate at this point, but I am the high-ranking representative of our government who is expected to be present, a prince of the empire and the minister of foreign affairs.

The crash landing was a horrific experience. I am fortunate not to be among the dead. The lights flashed on and off, and the being tossed about in our seats violently as we crashed and, I suppose, skidded along the surface for kilometers—all that noise of scraping and tearing metal and the various alarms and klaxons was unsettling.

If I do not attend the peace conference, the ceasefire will not hold, and the rebellion will surely resume. My not being there will be seen as an insult. They will think it is bad faith to propose a solution and not follow through. A lot of progress has been made in the last few months, and we are so very near the point of signing documents to fix our agreements.

As the invaders, the colonizers, and the imperialists, we know there has to come a time when the relationship has to change. They want a share of the benefits of the resources we mine from their world. Technology, medical care, education, wealth distribution- they want it done fairly. They do not wish to continue as a raw resource provider. They want to industrialize and develop their unique products and better jobs that require more education and technical sophistication. Most grievous of our offenses, they do not appreciate our extraction and the pollution we create. We have contaminated their rivers, croplands, air, and bodies.

They may be pre-industrial, but they know how to rebel violently. We have been unable to impose a successful blockade of the planet to prevent the smuggling of weapons into the hands of rebels. Some among our people must give them weapons, as they may be sympathetic to their cause or simply wish to profit. How else can we explain their possession of firearms beyond their technological means of manufacturing them? Another world could also be involved, and probably is, in supplying the rebellion.

At this point, I feel sympathetic to their cause as well, but I must represent the interests

of my government. I have come to understand
their concerns personally and, before leaving for
my new assignment, had been given tours of
their landscape to witness the damage we have
caused to their environment.

They also introduced me to many adult
individuals suffering from illness and have
shown me the birth defects and malformations of
their children. People can resist only so much
contamination before it significantly affects their
bodies. This is far beyond the ability of their
healers and our doctors to remedy.

Some people knew this would happen.
This is not the first world we colonize for
resource extraction, and they are not the first
people we abuse. It is not in the public
education we receive as children growing up. It
is not until university that we begin to learn and
get a more comprehensive view of the history of
our world and its relations to other worlds.

I am sympathetic. I understand their
concerns. Back home, some organizations
advocate for the indigenous peoples of these
worlds, and I could have joined them. Many
years ago, as a young man, I could have become

a member and protested in some fashion. It would have been a scandal for a prince to do so, however. Instead, I became a diplomat.

While these organizations and advocates have grown and affected public awareness and opinion, their influence and power to effect change is still minimal. I felt I had a better chance as a government agent to be involved in improving conditions for these people and their worlds. The reality is that I really do not have the freedom of choice I hoped for.

My ultimate purpose is to represent the government, but I can communicate the concerns of the local people and the motivations for their armed rebellion to my superiors. I can seek to elicit some compassion despite the pressures from economic interests and hunger for resources.

So many people's efforts may have been for nothing if I remain stranded in this world. I have been placed in the position of being the only one who can move things to a positive conclusion and put the final nail in the peace structure we have worked to establish. My view is that the exploitation will continue so that grievances continue to fuel the war.

I am sure the captain is aware of my needs and concerns. I will speak with him again. I have been patient for over a day, allowing them all to make repairs and do whatever they need to do, but patience conflicts with the urgency I feel to get to my destination.

Prince Neoraken

Capítulo 9: Doctor Nekradiem

Hemos matado a una bestia gigante. Si podemos hacer que funcione un sistema de refrigeración, tendremos suficiente carne para que cada miembro de la tripulación coma el equivalente a su peso corporal. Necesitamos asegurarla rápidamente, o atraeremos la atención de los depredadores y la perderemos. El capitán pensó que cazar a los animales locales para preservar las raciones de nuestra nave era una buena idea. Estoy de acuerdo.

Va a ser un desastre llevarlo. Podemos descuartizarlo con nuestras armas, pero no podemos llevarnos la mayor parte. Tendremos que abandonar gran parte y, mientras estemos fuera, sin duda vendrán algunos carroñeros para mordisquearlo o más. No obstante, hemos avanzado. Tenemos más comida que ayer.

Eventualmente, nuestras armas de energía se agotarán y tendremos que cazar con lanzas, arcos y flechas. Deberíamos empezar a recolectar los materiales para construir esas herramientas y armas pronto. No tengo muchas esperanzas de que podamos reparar nuestra nave y puede que estemos aquí por un tiempo.

Nunca he tenido que usar un arco y una flecha ni una lanza. No forma parte de nuestro entrenamiento. Disfruté de nuestras sesiones de práctica sobre el uso de espadas y cuchillos. No creo que hagamos espadas en un futuro próximo, pero sí serán necesarios los cuchillos de piedra o pedernal. Recuerdo haber leído en los libros de historia que había cirujanos que preferían las hojas de pedernal porque eran más afiladas y precisas que las de acero.

Como médico del la nave, me enviaron en esta aventura para ocuparme de las necesidades nutricionales de la tripulación. Esa es la versión agradable de cómo interpretar mi situación. El capitán sintió que necesitaba un breve descanso de mis deberes; curiosamente, pensó que cazar era lo mejor que podía hacer. Podría haber leído un libro o haber dormido. Podría haberme asignado para ayudar con la ingeniería y las reparaciones del la nave. La caza puede resultar traumática. Empatizo un poco con la presa. Estoy tan acostumbrado a no saber de dónde viene mi comida que olvido que alguna vez fue un ser vivo. Con la presa gruñendo agresivamente para defenderse, nuestras vidas corren peligro en un enfrentamiento, y luego los gritos de agonía y El lento descenso al sueño de la bestia hasta llegar a la muerte no es agradable. No es una experiencia agradable en absoluto. Estaré encantado de volver a trabajar en mi puesto médico.

Sería bueno encontrar frutas o vegetación comestible, pero hasta ahora no he tenido suerte para encontrar nada. Algunas plantas que he recolectado tienen propiedades químicas que pueden ser medicinales. Debería evaluarlas y procesarlas pronto mientras haya equipo funcional. Se nos está acabando el tiempo para prepararnos. El rescate puede no llegar rápidamente, y podemos estar aquí mucho tiempo. Espero que no sea por el resto de nuestras vidas.

Doctor Nekradiem

Chapter 9: Doctor Nekradiem

It is a giant beast that we have killed. If we can get a refrigeration system to function, we will have enough meat for each crew member to eat the equivalent of their body weight. We need to secure it quickly, or we will attract the attention of predators and lose it to them. The captain thought hunting the local animals to preserve our ship rations was a good idea. I agree.

This is going to be a mess to carry. We can carve it up with our weapons, but we cannot take most of it. We will have to abandon a lot of it, and while we are gone, some scavengers will undoubtedly come along for a nibble or more. We have made progress, nonetheless. We have more food than we did yesterday.

Eventually, our energy weapons will give out, and we will have to hunt using spears, bows, and arrows. We should start collecting the materials to build those tools and weapons soon.

I do not feel much hope that we can repair our ship, and we may be here for a while.

I have never had to use a bow and arrow or a spear. It is not part of our training. I enjoyed our practice sessions on the use of swords and knives. I don't think we will make swords anytime soon, but stone or flint knives will be necessary. I remember reading in history books that there were surgeons who preferred flint blades because they were sharper and more precise than steel blades.

As the ship's doctor, I was sent out on this adventure to see to the nutritional needs of the crew. That is the nice version of how to interpret my situation. The captain felt I needed a short break from my duties; oddly enough, he thought hunting was just the thing to do. I could have read a book or slept. He might have assigned me to help with engineering and ship repairs. Hunting can feel traumatizing. I empathize with the prey to a small extent. I am so used to not knowing where my food comes from that I forget it was once a living thing. With the prey doing all the aggressive snarling in its defense, our lives being at risk in a confrontation, and then the shrieks of agony and slow slumber into death by the beast are not pleasant. It is not in the least an enjoyable experience at all. I will be glad to get back to work in my medical bay.

It would be good to find fruits or edible vegetation, but so far, I have had no luck finding anything. A few plants I have collected do have chemical properties that may be medicinal. I should evaluate and process them soon while there is functional equipment. Time is running out for us to prepare. Rescue might not come quickly, and we may be here a long time. I hope it is not for the rest of our lives.

Doctor Nekradiem

Capítulo 10: Capitán Dimetrous - Tripulación muerta

Hemos perdido más miembros de nuestra tripulación. Pensaría que los jóvenes estarían más alerta y tal vez hipervigilantes hasta el punto de la paranoia cuando estuvieran en sus primeras misiones, pero parece que este joven estaba absorto y distraído cuando estaba collectando con el médico. Como dijo el médico, unos segundos de precaución disminuida por parte de todos en el momento equivocado y la muerte nos visito.

Mi equipo acababa de matar a un herbívoro grande cuando pequeños carnívoros llegaron al área en un grupo de cinco. Debieron haber estado observando la caza por un corto tiempo, formaron su plan tanto como estos animales pueden crear planes, y luego atacaron. Tendemos a pensar que otros animales con los que no podemos comunicarnos funcionan según algo que hemos llamado instinto, pero en realidad deberíamos llamarlo inteligencia. No es como si la programación genética pueda explicar todas las situaciones que cualquier especie encontrará en su entorno. Tiene que haber algún tipo de aprendizaje y adaptación. Los animales tienen mente propia.

Esos cinco velociraptores lo mataron en unos pocos segundos. A los miembros restantes de la expedición les tomó unos segundos más superar su conmoción y cansancio para reaccionar y ahuyentar a esos depredadores. Creo que los velociraptores esperaban poder arrastrar el cuerpo rápidamente, pero huyeron cuando resultó ser un mal plan. Nuestras armas energéticas los ahuyentaron. Aquellos que se tomaron el tiempo de gruñirnos en un esfuerzo por intimidarnos para que retrocediéramos ante su presa murieron cuando les disparamos. Los demás fueron lo suficientemente inteligentes para huir de inmediato.

Pensábamos que las tumbas que cavamos ayer serían el fin de eso, pero la muerte no tiene motivos para contenerse.

Chapter 10: Captain Dimetrous - Crew Killed

We have lost more of our crew. I would think the young would be more alert and maybe hypervigilant to the point of paranoia when out on their first missions, but it seems this young man was absorbed and distracted when out collecting with the doctor. As the doctor put it, only a few seconds of lowered caution from everyone at the wrong time and death visited us.

My crew had just killed a large herbivore when small carnivores came into the area in a pack of five. They must have been watching the hunt for a short time, formed their plan as much as these animals can create plans, and then attacked. We tend to think of other animals we cannot communicate with as operating on something we have called instinct, but we really should call it intelligence. It's not like genetic programming can account for all situations any species will encounter in their environment.

There has to be some kind of learning and adapting. Animals have minds of their own.

Those five velociraptors killed him within a few seconds. It took the remaining expedition members another few seconds to get past their shock and exhaustion to react and scare off those predators. I think the velociraptors were hoping to be able to drag the body away quickly but fled when that proved a bad plan. Our energy weapons scared them away. Those who took the time to growl at us in an effort to intimidate us to back away from their kill died when we fired at them. The others were smart enough to run immediately.

We thought the graves we dug yesterday would be the end of that, but death has no reason to restrain itself.

Capítulo 11: Capitán Dimetrous – Otra Nave

Es el amanecer de nuestro tercer día. Encontramos los restos de otra nave ayer por la tarde cuando el sol se acercaba a ponerse. Lo marcamos en nuestros mapas y lo estamos investigando hoy. No parece haber ningún superviviente. Hay cadáveres adentro, y todos todavía están atados a sus asientos. Suponemos que todos los miembros de esta tripulación murieron. Cualquier superviviente probablemente se habría sentido motivado a enterrar a sus compatriotas caídos.

Es como entrar en una vieja casa abandonada. Una vez estuvo lleno de vida. Todo está inmóvil dentro del la nave. No hay luces ni sonidos. Hay muchos elementos que contienen recuerdos vinculados a personas específicas. Personas que ahora van en camino de convertirse en cáscaras deshidratadas. La licuación ya es cosa del pasado, y toda la humedad ha sido consumida y llevada a otros lugares por larvas y otros insectos que consideraban estos cuerpos ricos en recursos de nutrientes que se encontraban en diferentes partes del la nave. ¿Debería haberse consumido también la piel? Los restos parecen una especie alienígena.

La vida de este planeta ha encontrado su camino hacia el interior de muchos lugares. Hay plantas, insectos, tierra y pequeños esqueletos de criaturas muertas hace mucho tiempo. Las semillas y la lluvia se han abierto camino a través de las grandes grietas y cortes en las paredes y el casco del la nave. Más adentro, encontramos otras habitaciones que estaban completamente selladas. Nuestras linternas producen rayos claros. En estas habitaciones no hay polvo en el aire ni en la superficie de las consolas, sillas o el suelo. El polvo nos sigue en este ambiente estéril y oscuro.

Quizás podamos rescatar mucho de esta nave para nuestro uso. Su desgracia es nuestra buena fortuna. Nuestro destino podría haber sido el mismo que el de ellos. Esperemos que funcione. El ingeniero jefe debe inspeccionar todo aquí una vez que haya terminado con la baliza.

Le envié los escáneres médicos al médico y me dijo que debieron haberse estrellado hace varias semanas, hace casi un mes. Eso parece reciente. Me pregunto qué salió mal con su nave. ¿Y por qué sus cuerpos se han deteriorado tan rápidamente?

—Capitán.

—Este es el capitán.

— Este es el ingeniero jefe. La baliza ha sido reparada y está lista para su lanzamiento.

— Gracias. Regresaré al la nave en breve. Estamos en el lugar del naufragio alienígena. Una vez que hayamos lanzado la baliza, vendras a ver qué puedes encontrar que nos sea útil en esta nave. Aquí no hay nadie vivo, así que no hay problema en que nos llevemos nada.

Chapter 11: Captain Dimetrous - Another Ship

It is the dawn of our third day. We found the remains of another ship late yesterday as the sun was coming close to setting. We marked it on our maps and are investigating it today. There do not appear to be any survivors. There are corpses inside, and they are all still strapped down and tied to their seats. We assume every single member of this crew died. Any survivors would have probably been motivated to bury their fallen compatriots.

It's like entering an old abandoned house. It was once filled with life. Everything is motionless inside the ship. There are no lights and no sounds. There are a lot of items containing memories attached to specific people. People who are now on their way to becoming dehydrated husks. The liquefication is now in the past, and all moisture has been consumed and taken elsewhere by larvae and other insects that considered these bodies rich resources of nutrients lying about in different parts of the ship. Should the skin have also been consumed? The remains look like an alien species.

The life of this planet has found its way inside into many places. There are plants, insects, dirt, and the tiny skeletons of creatures long dead. Seeds and rain have found their way through the large breaks and gashes on the walls and ship's hull. Further inside, we found other rooms that were sealed completely. Our flashlights produce clear beams. In these rooms, there is no dust in the air or on the surface of consoles, chairs, or the floor. The dust follows behind us into this sterile and dark environment.

We might be able to salvage a lot for our use from this ship. Their misfortune is our good fortune. Our fate could have been the same as theirs. Let's hope it works. The chief engineer must inspect everything here once he is done with the beacon.

I sent the medical scans to the doctor, and he told me that they must have crashed several weeks ago, close to a month ago. That seems recent. I wonder what went wrong with their ship? And why have their bodies deteriorated so quickly?

"Captain."

"This is the captain."

"This is the chief engineer. The beacon has been repaired and is ready for launch."

"Thank you. I will return to the ship shortly. We are at the site of the alien shipwreck. Once we have launched the beacon, you will come to see what you can find that is useful to us on this ship. No one is alive here, so there is no problem with our taking anything.

Capítulo 12: Ingeniero Jefe Hyskotian

El tubo de lanzamiento de la baliza se abre en la parte superior de la nave. En la pantalla se ve una breve cuenta atrás. Todos los sistemas están operativos para el lanzamiento. Pronto, la baliza se lanza a la atmósfera y los que están fuera la ven desaparecer, una estela de humo se desvanece en un punto fino.

Podemos ver información sobre la baliza y los datos de los sensores del sistema estelar en la pantalla principal fracturada. La baliza vuela sobre el plano del sistema solar y luego se detiene. Estudiamos los datos sobre el sistema solar y esperamos antes de transmitir nuestra necesidad de ayuda y rescate.

Parece que todo el sistema está deshabitado por cualquier civilización con la capacidad tecnológica para encontrarnos. Hasta donde la sonda puede detectar, no hay nada más ahí fuera que pueda representar un riesgo para nosotros. Eso es bueno. No queremos convertirnos en prisioneros ni en comida de nadie. Podemos enviar instrucciones a la baliza para que comience la transmisión.

No debería tardar demasiado. La señal será recibida por cualquier nave que pase cerca del área de este sol. Viajarán a través de un agujero de gusano a gran velocidad, pero lo recibirán. Entonces podrán hacer una salida controlada y venir a buscarnos.

Andrews me dijo que hiciera un buen escaneo del planeta y que le diera los datos. Dijo que estaba interesado en observar la disposición de las masas terrestres. Es solo una corazonada suya, pero dijo que los animales aquí parecen ser los mismos que los representados por los fósiles en nuestros museos de historia natural.

No tenemos expertos en física ni teorías sobre el cosmos en esta tripulación, pero él cree que hemos llegado accidentalmente a un planeta tipo Tierra ubicado en lo que consideraríamos nuestro pasado. Este es un planeta del multiverso.

Si eso resulta ser cierto, es el primer encuentro de nuestra civilización. Creo que la expectativa, según las teorías, es que debería haber una distancia insondable entre esos mundos. Cómo llegamos a él, o por qué está tan relativamente cerca de nuestro mundo natal, es un misterio que tal vez alguien más pueda resolver.

Nunca he considerado viajar a través de un agujero de gusano sea una distancia inimaginable, pero eso depende de a quién se le pida que lo considere. Nuestros antepasados navegaron por los océanos y volaron aviones en la atmósfera de nuestro mundo. Nuestra capacidad actual para viajar a otros mundos en sistemas estelares distantes podría considerarse inimaginable. Por lo menos, pensé que una distancia de multiverso era algo muy alejado de nuestro cúmulo de galaxias.

Le proporcionaré al biólogo imágenes del planeta. Tengo que ponerme a trabajar para que funcione una unidad de refrigeración.

Chapter 12: Chief Engineer Hyskotian

The beacon's launch tube opens at the top of the ship. A short countdown is visible onscreen. All systems are operational for the launch. Soon, the beacon rockets into the atmosphere, and those outside see it disappear, a trail of smoke vanishing into a thin point.

We can see information about the beacon and sensor data on the star system on the fractured main screen. The beacon flies above the plane of the solar system and then stops. We study the data regarding the solar system and wait before broadcasting our need for assistance and rescue.

It looks like the entire system is uninhabited by any civilization with the technological capability to find us. As far as the probe can detect, there is nothing else out there of concern that might present a risk for us. That is good. We don't want to become anyone's

prisoners or food. We can send instructions to
the beacon to begin transmission.

It should not take too long. The signal
will be received by any ship passing near the
area of this sun. They will be traveling through a
wormhole at great speed, but they will receive it.
They can then make a controlled exit and come
to find us.

Andrews told me to take a good scan of
the planet and to give him the data. He said he
was interested in looking at the arrangement of
land masses. It is just a hunch of his, but he said
the animals here appear to be the same as the
ones represented by fossils in our natural history
museums.

We have no experts in physics and
theories about the cosmos in this crew, but he
believes we have accidentally come upon an
earth-type planet set in what we would regard as
our past. This is a multiverse planet.

If that turns out to be true, it is our
civilization's first encounter. I think the
expectation, according to theories, is that there
should be an unfathomable distance between any

such worlds. How we came across it, or why it is so relatively near to our homeworld, is a mystery that perhaps someone else can solve.

I have never considered traveling through a wormhole an unfathomable distance, but that depends on who is asked to consider it. Our ancestors sailed the oceans and flew aircraft in our world's atmosphere. Our present ability to journey to other worlds in distant star systems could be considered unfathomable. At the very least, I thought a multiverse distance was something far outside our galaxy cluster.

I will provide the biologist with scans of the planet. I have to get to work on getting a refrigeration unit functional.

Capítulo 13: Capitán Dimetrous - Choque

Han pasado dos días desde el lanzamiento de la baliza. Está funcionando bien. Al menos, en la pantalla, vemos que todo está funcionando como debería. También la hemos estado usando para monitorear todo el sistema estelar y estamos solos. Esperamos que una nave amiga detecte nuestra baliza primero.

Es otra mañana con un cielo despejado. El aire se siente un poco más fresco en mi piel. Es una buena temporada. Nuestras posibilidades de supervivencia son mejores en estas condiciones. El clima severo hubría dificultado nuestra desafortunada llegada a este mundo.

La carne de dinosaurio ha sido cortada en trozos pequeños y refrigerada. Nos durará semanas. No hemos tenido problemas con los depredadores cerca de nuestro campamento base actual en la nave. Reubicarnos en las cuevas no será fácil. Hay mucho que necesitamos transportar. Las unidades de refrigeración no vendrán con nosotros. Todavía no. Creo que nos rescatarán pronto. Si tomara más de un mes, ordenaría que se desmonten los componentes de refrigeración, se empaqueten para el transporte y se lleven a nuestra cueva.

Veo una nave que cruza el cielo, dejando un rastro de llamas tras de sí. Se estrella a pocos kilómetros de nuestro naufragio. La nave no parece una nave de ninguna especie alienígena que hayamos encontrado durante la expansión de nuestra civilización. Se trata de alguien nuevo. Vamos a investigar. Nuestras armas aún tienen suficiente potencia para participar en una batalla si es necesario, pero no durarán mucho. Tengo que asumir que si pueden viajar por el espacio, también tienen armas avanzadas.

Chapter 13: Captain Dimetrous - Crash

It has been two days since the launch of the beacon. It is working well. At least, onscreen, we see everything is functioning as it should be. We have also been using it to monitor the entire star system, and we are alone. We can hope for a friendly ship to detect our beacon first.

It is another morning with a clear sky. The air feels a little cooler and crisp on my skin. It is a good season. Our chances of survival are better under these conditions. Harsh weather would have made our unfortunate arrival in this world difficult.

The dinosaur flesh has been cut into small pieces and refrigerated. It will last us for weeks. We have had no problem with predators near our current base camp at the ship. Relocating to the caves will not be easy. There is a lot we need to transport. The refrigeration units will not come with us. Not yet. I think we will be rescued soon. If it were to take more than a month, I would order that the refrigeration components be disassembled, packaged for transport, and taken to our cave.

I see a ship crossing the sky, leaving a flaming trail behind it. It crashes a few short kilometers away from our shipwreck. The ship did not look like a vessel of any alien species we have encountered in our civilization's expansion. This is someone new. We are going to investigate. Our weapons still have enough power to engage in a battle if necessary, but they won't last long. I have to assume that if they can travel in space, they also have advanced weapons.

Capítulo 14: El Biólogo Andrews - Investigation

El paisaje nos permite ver la nave estrellada desde una colina distante. No saben que estamos aquí observándolos. Podemos ver que son bípedos, como nosotros. Su cuerpo es similar al nuestro. Su piel es diferente. No tienen escamas. También tienen pelo en la cabeza y la cara. Hemos conocido algunas especies que tienen pelo. También las tenemos en nuestro planeta, pero no han evolucionado mucho, y algunas son lo suficientemente dóciles como para ser adoptadas como mascotas domésticas. Estos mamíferos, que supongo que son, han evolucionado hacia una inteligencia superior y han desarrollado sus formas únicas de diseño de naves espaciales para viajes espaciales.

Los mamíferos suelen funcionar a niveles de energía más altos que nosotros. Su metabolismo es ligeramente superior. Somos igualmente endotérmicos, pero dependemos de y apreciamos entornos más cálidos . Nunca hemos conocido a este tipo de mamíferos. Puedo ver que están haciendo las mismas cosas que hemos estado haciendo durante los últimos días: evaluar los daños en su nave, reunir suministros, investigar el entorno, asegurar su posición, cuidar a sus heridos y enterrar a sus muertos. Al menos, tenemos una mente similar. Probablemente también estarán alertas a peligro y posiblemente agresivos. Están aislados y probablemente se sienten vulnerables. Cualquier presentación y diálogo tendrá que realizarse con cuidado.

No hay formas de vida inteligentes nativas de este mundo. Por inteligencia, me refiero a especies capaces de civilización. Ninguno de los reptiles, mamíferos, moluscos, aves o grupos de artrópodos de este planeta ha evolucionado hasta ese nivel de inteligencia. Dado que somos reptiles, como nos han clasificado otras civilizaciones, podemos parecernos remotamente a algunas de las especies locales que dominan actualmente este mundo. No diría que me gusta la idea de que estos mamíferos puedan confundirnos con los dinosaurios nativos, aunque noto que sigo llamándolos mamíferos y pensé en nuestras mascotas en casa. Nuestra ropa y armas les darán una pista de que no somos solo animales del entorno. Pero no queremos demostrar el uso de armas de fuego a menos que sea necesario para la defensa.

Tendremos que acercarnos a ellos. Existe la posibilidad de que podamos trabajar juntos, lo que mejorará las posibilidades de supervivencia de ambos grupos. Se debe hacer un esfuerzo para tener un primer contacto pacífico y no permitir que un encuentro fortuito dé lugar a malentendidos y conflictos. Probablemente conozcan otras civilizaciones y hayan aprendido que los viajeros espaciales provienen de diferentes filos, clases y especies del árbol evolutivo. A menos que sean nuevos en los viajes espaciales, entonces tendremos dificultades de inmediato. Espero que nuestros hermosos rostros no los asusten demasiado.

Chapter 14: Biologist Andrews - Investigation

The landscape allows us to view the crashed ship from a distant hill. They do not know we are here observing them. We can see they are bipedal, like us. Their body is similar to our own. Their skin is different. They do not have scales. They also have hair on their heads and faces. We have met a few species that have hair. We also have them on our planet, but they have not evolved much, and a few are docile enough to be adopted as household pets. These mammals, which I assume they are, have evolved into higher intelligence and developed their unique forms of starship design for space travel.

Mammals usually function at higher energy levels than ourselves. Their metabolisms are slightly higher. We are similarly endothermic but depend on and appreciate warmer environments. We have never met these types of mammals. I can see that they are doing the same things we have been doing for the last few days: assessing the damage to their ship, gathering supplies, investigating the environment, securing their position, taking care of their wounded, and burying their dead. At least, we have a similar mind. They will probably also be vigilant and possibly aggressive. They are isolated and probably feel vulnerable. Any introductions and dialogue will have to proceed with care.

There are no intelligent lifeforms native to this world. By Intelligence, I mean species capable of civilization. None of this planet's reptiles, mammals, mollusks, avians, or arthropod groups have evolved to that level of intelligence. Since we are reptilian, as some other civilizations have classified us, we may remotely resemble some of the local species currently dominating this world. I wouldn't say I like the thought that these mammals may confuse us with the native dinosaurs, although I notice I keep calling them mammals and did think of our pets back home. Our clothing and weapons will give them a hint that we are not just animals of the environment. But we don't

want to demonstrate the use of firearms unless
necessary for defense.

We will have to approach them. There is
the possibility that we can work together, which
will improve the chances of survival of both our
groups. The effort should be made to have a
peaceful first contact and not allow a random
encounter to result in misunderstandings and
conflict. They probably know about other
civilizations and have learned that spacefarers
come from different phyla, classes, and species
of the evolutionary tree. Unless they are new to
space travel, then we will have difficulties right
off. I hope our beautiful faces do not startle
them too much.

Capítulo 15: Capitán Humano Galileo

Bitácora del capitán: Hemos naufragado en un mundo ambientado en lo que creo que es el período Cretácico de la historia de la Tierra. No sé si hemos viajado en el tiempo de alguna manera o si este es un mundo que, en su curso natural, ha desarrollado una vida prehistórica similar a la nuestra. Llevamos aquí un día y ya hemos identificado especies extintas hace mucho tiempo, como el triceratops y el tiranosaurio rex. Están aquí vivos y prosperando. Es una maravilla verlo. Tenemos que tener cuidado, ya que parece haber un exceso de depredadores en el vecindario que pueden fácilmente atrapar a cualquiera de nosotros y convertirnos en una comida.

Este no es nuestro primer salto en un agujero de gusano; tenemos décadas de experiencia. Fue una entrada exitosa pero una salida completamente inesperada. Algo en la nave explotó. Todo parecía estar dentro de las tolerancias especificadas y todo el equipo funcionaba como se esperaba. Podría ser que la teoría chocara con alguna dura realidad que aún no entendemos. Podría haber algo nuevo que descubrir sobre los viajes dentro de los agujeros de gusano. Los ingenieros están investigando los daños y averiguando qué pudo haber salido mal.

No tenemos forma de comunicarnos directamente con nuestra civilizacion en este momento. Estamos solos. Lo que sea que le haya pasado a la nave ha desactivado casi todos los sistemas. Ahora es solo un trozo de metal muerto que no podemos operar. Tenemos baterías, pero estoy empezando a pensar que deberíamos guardarlas y no usar nada de su energía para intentar activar nada en la nave para obtener diagnósticos. No tenemos un astillero, infraestructura, maquinaria, materiales ni ninguna capacidad para reparar algo tan dañado y destrozado como esta nave.

Todos sobrevivimos. Tuvimos suerte. Solo somos veinte a bordo en este vuelo. Solo veinte familias se ven afectadas directamente por la pérdida de esta tripulación. Si nunca nos rescatan, la vida continuará, eventualmente, para algunas de las personas que dejamos atrás. Otros llorarán, permitiendo que su dolor los lleve a la enfermedad. Pero la humanidad se reagrupará, se pondrá de pie y se lanzará al universo nuevamente en otro esfuerzo por explorar. Somos solo una pequeña parte de toda la misión

He asignado a cada uno una tarea para realizar en nuestra zona. Tienen que viajar en parejas. Somos demasiado pocos como para perder a alguien y dependemos unos de otros. Nunca me gustó ir de campamento a zonas salvajes, pero ahora esta será mi única opción de vida.

Algo está pasando. Oigo disparos de armas.... Fin del registro.

Capitan Galileo

Chapter 15: Human Captain Galileo

Captain's Log: We have become shipwrecked on a world set in what I believe to be the Cretaceous period of Earth's history. I do not know if we have somehow time-traveled or if this is a world that has, on its natural course, evolved prehistoric life similar to our world. We have been here for a day and have already identified long-extinct species, such as triceratops and tyrannosaurus rex. They are here alive and thriving. It is a wonder to see. We have to be careful as there seems to be an excess of predators in the neighborhood that can easily take any of us and make a meal.

This is not our first jump into a wormhole; we have decades of experience. It was a successful entry but an entirely unexpected exit. Something on the ship blew up. Everything looked as if it were within specified tolerances, and all the equipment was functioning as expected. It could be that theory ran up against some hard reality we do not yet understand.

There could be something new to discover about travel within wormholes. The engineers are looking into the damage and figuring out what could have gone wrong.

We have no way of contacting our home directly at the moment. We are on our own. Whatever happened to the ship has disabled almost all systems. It is now just a piece of dead metal that we cannot operate. We have batteries, but I'm starting to think we should just save them and not use any of their power to try to activate anything on the ship to gather diagnostics. We do not have a shipyard, infrastructure, machinery, materials, or any capabilities to repair something as damaged and torn as this ship.

Everyone survived. We were lucky. There are only twenty of us onboard on this flight. Only twenty families are directly affected by the loss of this crew. If we are never rescued, life will go on, eventually, for some of the people we left behind. Others will grieve, allowing their pain to take them toward illness. But humanity will regroup, stand up, and push out into the universe again in another effort to explore. We are only a small part of the entire mission.

I have assigned everyone a task to do here in our vicinity. They are to travel in pairs. There are too few of us to lose anyone, and we depend on each other. I never liked going on camping trips into any wilderness, but now this will be my only lifestyle option.

Something is going on. I hear weapons fire—end log.

Captain Galileo

Capítulo 16: Capitán Humano
Galileo - Conflict

Mi ingeniero y mi médico me dicen que se encontraron con otra vida que tal vez no pertenezca a este planeta. Una especie de criatura que se parecía a los dinosaurios, pero tenía forma humana. Llevaban armadura y tenían armas avanzadas. No tenemos idea de cuántos de ellos puede haber.

Hubo una escaramuza. Habría sido mejor haberlos visto, habernos quedado callados y habernos escabullido, pero dijeron que sin querer se acercaron por detrás de ellos y los sorprendieron mirando nuestro campamento desde el otro lado de la colina. Se asustaron y dispararon contra mi tripulación, y luego siguió a partir de ahí. Nadie sufrió bajas y no hubo prisioneros. Todos lograron escapar.

Ahora tenemos que estar en guardia ante los depredadores naturales y otros peligros de este mundo, y tenemos que organizar patrullas para buscar a esos alienígenas con armas. Deben estar basados en algún lugar y probablemente no muy lejos, ya que iban a pie. Pueden ser nativos de este planeta, en cuyo caso podemos esperar cientos de miles o millones de ellos, o pueden ser visitantes como nosotros. No parecían ser del tipo de civilización de nivel agrícola. Si tienen armas energéticas, deben tener una gran civilización que puede contar con miles de millones de personas. Nos volveremos a encontrar, estoy seguro de ello.

Chapter 16: Human Captain Galileo - Conflict

My engineer and doctor tell me they came across some other life that may not belong on this planet. A species of creature that looked like the dinosaurs but was human-shaped in form. They wore armor and had advanced weapons. We have no idea how many of them there might be.

There was a skirmish. It would have been better to have seen them, kept quiet, and snuck away, but they said they unintentionally came up behind them and caught them looking at our camp from over the hill. They were startled and fired on my crew, and then it went on from there. No one suffered any casualties, and there were no prisoners. Everyone managed to run away.

We now have to be on guard for the natural predators and other hazards of this world, and we have to organize patrols to search for those aliens with weapons. They must be based somewhere and probably not too far away since they were on foot. They may be native to this planet, in which case we may expect hundreds of thousands or millions of them, or they may be visitors like ourselves. They did not seem like the agricultural-level civilization types. If they have energy weapons, they must have a large civilization that may number in the billions. We will meet again, I am sure of it.

Capítulo 17: Trampas

— Capitán Dimetrous. Mis disculpas por entrometerme en tus pensamientos. Tengo algo que informar—, dijo el ingeniero jefe Hyskotian.

— Entra. Entra. Dime. Dame tu informe—, dijo el Capitán Dimetrous.

El ingeniero jefe se para en la puerta y entra en la sala donde se sienta el capitán, mirando los informes en pantalla.

— Encontré datos de sensores que indicaban que había algo, un dispositivo, instalado dentro del agujero de gusano para interrumpir el flujo del pasaje. Nuestra nave no experimentó ningún mal funcionamiento que nos sacara del agujero de gusano. Me parece que pudo haber sido un acto inusual de sabotaje. Alguien preparo esta sección del agujero de gusano para que las naves sean obligadas a salir en este lugar en el espacio.

— Nunca había oído que se hiciera algo así. ¿Hay algo que sugiera quién pudo haber creado esta situación?

—No. No puedo encontrar nada. Los sensores registran la existencia del dispositivo sólo dos segundos antes de que explote. Los detalles no están disponibles. Y no fueron escombros ni nada que pudiera haber caído de una nave que pasó delante de nosotros. Fue un explosivo. O mejor dicho, es un dispositivo que provoca explosiones en los sistemas de las naves. El dispositivo todavía está ahí dentro del agujero de gusano.

— No pensé que eso fuera posible. Estás diciendo que el agujero de gusano fue minado. Detectó nuestra nave y luego se activó, provocando nuestra explosión. Ingenioso, en cierto modo. Si alguien organizó esto intencionalmente en este momento, es posible que hayamos sido el objetivo. El ministro de Asuntos Exteriores estaba en camino a una negociación de paz en la que había mucho en juego. Creo que, eventualmente, como cualquier cazador podría querer, vendrán a visitar sus trampas para ver si algo ha sido atrapado o afectado por ellas. No sabemos lo que quieren. Pueden ser piratas de algún tipo, o pueden ser individuos con motivaciones políticas.

— ¿Un intento de asesinato, tal vez?"

—Posiblemente. Es demasiado pronto para especular sobre quién está involucrado sin más pruebas.

— Creemos que la otra nave que se estrelló en el área también fue resultado de la trampa. Fueron dañados y sacados del pasaje del agujero de gusano de la misma manera que nosotros.

—¿Y estamos seguros de que aquí estan naufragaron?

—Sí. Su nave tiene daños evidentes. Nuestros exploradores también notaron que siguieron los mismos procedimientos que nosotros para acceder a su situación y recolectar suministros del entorno. Están trabajando para garantizar su supervivencia.

— Tendremos que hablar con ellos. No hemos tenido un buen comienzo debido al pánico y los malentendidos que resultaron en intercambios de fuego de armas entre nuestros grupos. Nuestro entendimiento de la situacion del planeta es que no hay civilización en este mundo ni en ningún mundo en este sistema estelar. Si no ha habido otros accidentes en algún lugar debido a esa trampa, entonces somos dos grupos aislados con opciones limitadas.

— ¿Propones que formemos una alianza y juntemos nuestros recursos?

—Sí. Quizás sea la única manera de salir de este planeta. Alternativamente, podríamos atacarlos y matarlos a todos y tomar sus recursos para nuestro uso por la fuerza. Ambos somos grupos pequeños, casi igualados en personal.

— El número de personas puede ser casi el mismo, pero tenemos varios heridos e incapacitados. Es preferible el contacto y la negociaciónes pacíficas. Todos somos civilizados. Nuestro ministro de Asuntos Exteriores podría comunicarse con ellos y concertar una alianza.

— No deberíamos arriesgar la vida del Príncipe en esta situación. Ya tiene una misión importante que completar, pero podríamos consultarlo. Nuestro deber era entregarlo de manera segura y a tiempo. No deberíamos involucrarlo directamente en este encuentro local. Si nuestro estar aquí es una trampa, debemos hacer algo con respecto a nuestra baliza.

Chapter 17: Traps

"Captain Dimetrous. My apologies for intruding on your thoughts. I have something to report," said Chief Engineer Hyskotian.

"Come in. Come in. Tell me. Give me your report," said Captain Dimetrous.

The chief engineer stands at the door and enters the room where the captain sits, looking over reports onscreen.

"I found sensor data indicating that there was something, a device, set up within the wormhole to disrupt the flow of the passage. Our ship did not experience a malfunction that threw us out of the wormhole. It looks to me like it may have been an unusual act of sabotage. Someone set up this section of the wormhole so that it would force ships out of it at this place in space."

"I have never heard of anything like that being done. Is there anything to suggest who may have set up this situation?"

"No. I can't find anything. The sensors register the device's existence only two seconds before it explodes. Details are unavailable. And it was not some debris or anything that may have dropped off a vessel that passed before us. It was an explosive. Or rather, it is a device that causes explosions in ship systems. The device is still out there in place within the wormhole."

"I did not think that was possible. You are saying the wormhole was mined. It detected our ship and then activated, causing our explosion. Ingenious, in a way. If someone set this up intentionally at this time, then we may have been the target. The minister of foreign affairs was on his way to a high-stakes peace negotiation. I think, eventually, as any hunter might want, they will come to visit their traps to see if anything has been caught or affected by it. We don't know what they want. It may be pirates of some sort, or it may be politically motivated individuals."

"An assassination attempt, perhaps?"

"Possibly. Too soon to speculate on who is involved without further evidence."

"We believe the other ship that crash-landed in the area was also a result of the trap. They were damaged and pulled out of the wormhole passage in the same manner as we were."

"And we are certain they are shipwrecked here?"

"Yes. The ship has obvious damage. Our scouts also noticed they followed the same procedures as ourselves in accessing their situation and gathering supplies from the environment. They are working on ensuring their survival."

"We will need to talk to them. We are not off to a good start because of the panic and misunderstanding that resulted in weapons fire exchanges between our group. Our reading of the planet is that there is no civilization in this world or any world in this star system. If there have not been other crashes somewhere due to that trap, then we are two isolated groups with limited options."

"You propose that we form an alliance and pool our resources?"

"Yes. It may be the only way to get off this planet. Alternatively, we could attack and kill them all and take their resources for our use by force. We are both small groups, almost evenly matched in personnel."

"The number of people may be almost the same, but we have several that are injured and incapacitated. Peaceful contact and negotiation are preferable. We are all civilized. Our minister of foreign affairs might be able to communicate with them and arrange an alliance."

"We should not risk the life of the Prince in this situation. He already has an important mission to complete, but we might consult him. Our duty was to deliver him safely and on time. We should not involve him directly in this local encounter. If our being here is a trap, we must do something about our beacon."

Capítulo 18: Capitán Dimetrous – La Baliza

El capitán entra al puente de mando y lo sigue el ingeniero. Sólo el Navegante Phillips está allí. Los otros miembros de la tripulación están en diferentes lugares trabajando en otras tareas.

— Phillips, tenemos que apagar la baliza. No debe transmitir nuestra ubicación. Mantenga activos los otros sistemas pasivos a bordo para que podamos detectar y recibir alertas sobre cualquier nave que ingrese al sistema estelar y sus rutas de vuelo.

— Entendido, Capitán.

— Permanece en tu puesto unas horas más y haré que alguien te releve. Somos pocos y hay mucho que cuidar para mantenernos con vida. Monitorear la baliza y la región. Avíseme si llega algúna nave. Sólo para que estén en la misma página, el ingeniero y yo creemos que nuestro estar aquí varados en este planeta fue un acto intencional de sabotaje, y posiblemente esté en progreso un intento de asesinato. El príncipe puede ser el objetivo. Nos vamos a preparar para un posible ataque. Informaré a los demás.

Chapter 18: Captain Dimetrous - The Beacon

The captain enters the bridge and is followed by the engineer. Only Navigator Phillips is there. The other crew members are at different locations working on other duties.

"Phillips, we need to turn the beacon off. It must not transmit our location. Keep the other passive onboard systems active so we can detect and be alerted to any ships entering the star system and their flight paths."

"Understood, Captain."

"Remain at your post for a few more hours, and I will have someone relieve you. There are few of us, and there is a lot to take care of to keep us alive. Monitor the beacon and the region. Let me know if any ships arrive. Just to get you on the same page, the engineer and I believe that our being here stranded on this planet was an intentional act of sabotage, and possibly an assassination attempt is in progress.

The prince may be the target. We are going to
prepare for a possible attack. I will inform the
others."

Capítulo 19: Salvamento Rápido

— Doctor, venga conmigo. Esta no es su área de especialización, pero iremos a la nave abandonado y comenzaremos las operaciones de salvamento. Encontraremos lo que sea útil y luego lo trasladaremos a una cueva que será nuestra nueva base de operaciones. Quedarse en nuestra nave ya no es una opción. Después de un estudio de lo que hay disponible allí, podemos comenzar moviendo parte de su equipo médico y tomando lo que se necesita de este nave antes de comenzar a mover algo de la otra nave—, dijo el Capitán Dimetrous.

El príncipe entra en la habitación y habla.

— Me han informado de nuestros diversos dilemas. Debería contribuir a nuestro esfuerzo general poniéndome en contacto con la tripulación del la otra nave. —, dijo el principe Neoraken.

— Eres demasiado valioso para arriesgarte. Te necesitamos para la misión.

— No habrá tal misión si no sobrevivimos aquí. Si podemos llegar a algún entendimiento y acuerdo con esos otros seres en esa otra nave, entonces estoy seguro de que la cooperación y la asistencia mutua será beneficiosa. Están en tanto peligro como nosotros.

—Tengo que estar de acuerdo. Anticipo que cualquier nave que llegue comenzará con un bombardeo orbital de nuestros dos naufragios, y luego vendrán a realizar un asalto terrestre para asegurarse de que el príncipe ya no viva. O podrían revertir eso para reunir evidencia genética de los restos del príncipe para estar seguros de su muerte y luego destruir todas las evidencias restantes desde el espacio. Todavía no sabemos con quién nos enfrentamos. Sí. La otra tripulación corre tanto peligro como nosotros. Ministro, puede hacer lo que crea mejor. Asignaré un oficial de seguridad para que permanezca con usted.

— Gracias.

—Si lo toman como rehén, es posible que no podamos hacer nada.

— Por ahora, no me consideren un diplomático de alto nivel. Soy una parte contribuyente de su tripulación y tengo un propósito que servir. Si me toman como rehén, seré un vínculo de contacto y comunicación entre nuestros dos grupos. No será la primera vez.

—No tenía ni idea.

— Enviamos una breve biografía con todos nuestros informes a los comandantes que nos acompañan en nuestras misiones diplomáticas. ¿No lo leíste?

—Debo haberme perdido ese detalle.

—Yo sólo estoy bromeando. Tener sentido del humor en situaciones tensas y volátiles es bueno. A veces, lo absurdo de las situaciones y negociaciones puede ser suficiente para hacer a uno reír después. Desarrollamos un sentido del humor perverso, pero ayuda.

—Veo.

— No te sientas incómodo. Me pondré a trabajar y comenzaré inmediatamente a

establecer contacto. Primero encontraré la
vestimenta adecuada.

Chapter 19: Quick Salvage

"Doctor, come with me. This is not your area of expertise, but we will go to the derelict ship and begin salvage operations. We will find what is useful and then relocate it to a cave that will be our new home base. Staying on this ship is no longer an option. After a survey of what is available over there, we can begin by moving some of your medical equipment and taking what is needed from this ship before we start moving anything on the other ship," said Captain Dimetrous.

The prince enters the room and speaks.

"I have been informed of our several dilemmas. I should contribute to our overall effort by making contact with the crew of the other ship."

"You are too valuable to risk. We need you for the mission."

"There will be no such mission if we do not survive here. If we can reach some understanding and agreement with those other beings on that other ship, then I am certain cooperation and mutual assistance will be beneficial. They are in as much danger as we are."

"I have to agree. I anticipate that any ship arriving will begin with an orbital bombardment of our two shipwrecks, and then they will come to make a ground assault to be certain the prince no longer lives. Or they might reverse that to gather genetic evidence from the prince's remains to ascertain his death and then blast all the remaining evidence to pieces from space. We still don't know who we are up against. Yes. The other crew is in as much danger as we are. Minister, you may do what you think is best. I will assign a security officer to remain with you."

"Thank you."

"If you are taken hostage, we may not be able to do anything."

"For now, do not think of me as a high-level diplomat. I am a contributing part of your crew and have a purpose to serve. If I am taken hostage, I will be a link of contact and communication between our two groups. It will not be the first time."

"I had no idea."

"We send a brief biography with all our reports to the commanding officers who escort us on our diplomatic missions. Did you not read it?"

"I must have missed that detail."

"I am only joking. Having a sense of humor in tense and volatile situations is good. Sometimes, the absurdity of the situations and negotiations can be enough to make one laugh afterward. We develop a perverse sense of humor, but it helps."

"I see."

"Don't feel uncomfortable. I will get to work and begin immediately to establish contact. I will first find the appropriate attire."

Capítulo 20: Capitán Galileo - Alianza

Enviaron un embajador, su ministro de Asuntos Exteriores, y me alegra decir que sus esfuerzos han tenido éxito. Estamos dispuestos a trabajar con ellos. Hemos alojado a algunos miembros de su tripulación en nuestra nave y les hemos dado un recorrido por los restos del naufragio, y ellos han correspondido. Ayuda con la confianza. Llegan a ver nuestra vulnerabilidad y pueden apreciar nuestro sincero deseo de cooperación y asistencia mutua. Explicaron el peligro que anticipan por parte de un tercer desconocido y compartieron un plan para trasladarse a una cueva a varios kilómetros de aquí.

La comunicación y la comprensión comenzaron lentamente, pero ambas especies han desarrollado dispositivos de traducción y esas inteligencias artificiales estaban preparadas para aprender unas de otras. Los dispositivos están programados para ayudar con los idiomas de nuestros mundos y los idiomas de civilizaciones de otros mundos que hemos agregado a su matriz a lo largo de generaciones de encuentros. Cada dispositivo es, en cierto sentido, su propia Piedra Rosetta, con miles de idiomas que cruzar para tender puentes de comunicación.

El lenguaje de los reptilianos es nuevo para nosotros. Ayer por la mañana temprano, el lenguaje de inteligencia artificial de cada dispositivo tuvo acceso a las bibliotecas de ambos buques que contienen miles de millones de imágenes de elementos para etiquetar y acordar. Trabajaron y colaboraron a un ritmo tremendo y estaban listos para usar al final del día.

Hará las cosas más fáciles. Hemos ganado lenguaje y comunicación para poder acceder a los pensamientos y mentes de estas personas. Resultará en otra capa de confianza.

Los sonidos de su discurso son más profundos y bajos y tienen lo que considero un aspecto gutural desagradable. Hablamos y comemos por el mismo orificio, la boca. Ellos mueven la boca cuando dicen algo, pero su anatomía para hablar es diferente. Comen por la boca y hablan con la ayuda de aberturas a los lados del cuello.

Es difícil leer el rostro de un reptil. Sus rostros no parecen tan expresivos como los de los humanos, pero tal vez solo necesito ser más observador. Necesito acostumbrarme a los detalles de los gestos. No podemos estar seguros de que estemos leyendo correctamente sus emociones, pensamientos e intenciones a partir de su lenguaje corporal y expresiones. Por el momento, son realmente extraños. Con el tiempo, podremos aprender a comprender los gestos, los movimientos y la disposición de los rasgos como alguna forma de expresión que comunica algo de su vida interior.

Les hemos dicho que nos llamamos "Humanos". Lo que ellos han dicho que se llaman a sí mismos no lo podemos pronunciar en el momento, y los traductores aún no nos han dado una colección adecuada de sonidos para representar a nuestros nuevos aliados.

Chapter 20: Captain Galileo - Alliance

They sent an ambassador, their minister of foreign affairs, and I am glad to say that his efforts have been successful. We are willing to work with them. We have hosted some of their crew on our ship and given them a tour of the wreckage, and they have reciprocated. It helps with trust. They get to see our vulnerability and can appreciate our sincere desire for cooperation and mutual assistance. They explained the danger they anticipate from an unknown third party and shared a plan to relocate to a cave several kilometers from here.

Communication and understanding started off slow, but both our species have developed translation devices, and those artificial intelligences were set to learn from each other. The devices are programmed to help with the languages of our worlds and languages of civilizations of other worlds we have added to its matrix over generations of encounters. Each device is, in some sense, its own Rosetta Stone, with thousands of languages to cross-reference to make bridges of communication.

The language of the reptilians is new to us. Early yesterday morning, the language artificial intelligence in each device was given access to ship libraries from both vessels containing billions of images of items to label and agree upon. They worked and collaborated at a tremendous pace and they were ready for use by the end of the day.

It will make things easier. We have gain language and communication so that we can access the thoughts and minds of these people. It will result in another layer of trust.

The sounds of their speech are deeper and lower and have what I consider an unpleasant guttural aspect. We speak and eat through the same orifice, our mouths. They move their mouths when they say something, but their anatomy for speech is different. They eat through their mouths and speak with the assistance of openings on the sides of their necks.

It is hard to read a reptilian face. Their faces do not seem as expressive as those of humans, but maybe I just need to be more observant. I need to get used to the details of the gestures. We cannot be certain that we are correctly reading their emotions, thoughts, and intentions from their body language and expressions. At the moment, they are truly alien. In time, we may learn to understand the gestures, movements, and arrangements of features as some form of expression communicating something of their interior lives.

We have told them that we call ourselves 'Human.' What they have said they call themselves cannot be pronounced by us, and the translators have not yet given us a suitable collection of sounds to represent our new allies.

Capítulo 21: Capitán Dimetrous - Nave Enemiga

Probablemente puedan ver desde el espacio las dos naves recientemente naufragadas, por suerte para nosotros. Decidieron no realizar bombardeos orbitales y aterrizaron una nave en la superficie del planeta. Investigarán ambos.

Hemos dejado algunos dispositivos en nuestras naves con grabaciones de nosotros. Esperamos que los mensajes sean suficientes para que hablen sobre sus intenciones o se comuniquen con su nave nodriza para que podamos comprender quiénes son y sus objetivos. No podemos simplemente asumir que son enemigos y atacarlos. Quiero ver cómo reaccionan a nuestro mensaje.

Han bajado para una inspección física minuciosa de ambos lugares de accidente. Su lanzadera tiene un diseño desconocido. Notarán nuestros esfuerzos de salvamento y las tumbas y sabrán que alguien sobrevivió. Las plataformas antigravedad nos permitieron mover muchos equipos rápidamente. Estamos seguros en la cueva que hemos convertido en nuestra base de operaciones. Es posible que puedan detectar las firmas biométricas de nuestras distintas especies desde una gran distancia, por lo que deberíamos prepararnos para una confrontación violenta. No he discutido esto con los demás, pero creo que deberíamos adelantarnos y atacarlos una vez que comprobemos que vienen con intenciones violentas. Aún no hemos establecido su especie ni su lealtad política ni sus motivaciones. Puede ser que se hayan topado con nosotros por casualidad y no tengan idea de que a bordo iba un ministro de Asuntos Exteriores, nuestro príncipe. Ya habieran enviado un mensaje sobre su presencia si se tratara de un barco de rescate. Esta gente no está aquí para rescatarnos.

Estamos recibiendo una buena señal de nuestro nave. Podemos verlos caminando y buscando. Parece que la especie de estas personas es la misma que la del planeta al que vamos a asistir a la conferencia de paz. Otros dos individuos entre ellos deben provenir de otro planeta. No reconozco su especie. Un aliado suyo, supongo, alguien que les proporciona suministros y naves de disegno desconocido.

Están buscando al príncipe. La grabación de imágenes que dejamos intencionalmente muestra al príncipe hablando con otros miembros de la tripulación. Grabamos un momento en el que el príncipe se encuentra en el área médica recibiendo tratamiento por quemaduras graves y lesiones corporales. Saben que sobrevivió.

Los observamos mientras contactaban su nave nodriza y recibían la orden de ampliar su búsqueda. Deben encontrar al príncipe y asegurarse de que esté muerto. Ahora sabemos que son un enemigo. Buscan al ministro con intención de matarlo.

El príncipe goza de perfecta salud. Un poco de preparación física teatral y lo hicieron parecer como si hubiera sufrido heridas graves durante el aterrizaje forzoso. Su interpretación actoral también fue convincente. Disfrutó la oportunidad de ser dramático y ha expresado que a veces desearía haber tomado una ruta profesional alternativa hacia el teatro. Todavía se ríe ante la idea.

La baliza ya no transmite nuestra ubicación sino que observa y nos envía datos. Todo este sistema solar es el territorio que estamos monitoreando. Los límites del área que monitoreamos se extienden más allá de los límites del último objeto en órbita alrededor de este sol designado como planeta.

No ha habido naves adicionales ingresando al sistema. Ni amigos que vengan a rescatarnos ni naves con asesinos que vengan a matarnos. Los verdugos ya están sobre el terreno y nos están buscando.

Estamos preparados para defendernos. Hemos desarrollado nuestro plan de ataque y esperamos que podamos tomar rápidamente el control de su nave. La nave en tierra puede ser relativamente fácil, pero la nave en el espacio será un gran problema. Está fuertemente armada. El lanzadero que trajo a los asesinos a tierra no representa ningún desafío para la nave nodriza. Si voláramos al espacio en él, podrían derribarnos rápidamente y fácilmente. Hasta que capturemos el transbordador, no sabremos si es rapido y podrá dejar atrás a la nave más grande. Sin embargo, es muy improbable.

Desearemos ser lo más silenciosos posible en nuestra búsqueda de asesinos. Las armas de energía pueden ser extrañamente ruidosas y tener un sonido distintivo, que podría alertarlos de nuestras acciones. En su lugar, usaremos atlatls, lanzadores de lanzas. Con ellos podremos lanzar una lanza a unos 150 kilómetros por hora. Esa debería ser suficiente fuerza para perforar su armadura y matarlos rápidamente. Llevaremos nuestras armas estándar con nosotros, pero solo las usaremos si nos vemos obligados a hacerlo.

Al principio, la tripulación no entendia por qué estaba creando una arma que fue utilizada por primera vez por nuestros antepasados hace más de treinta mil años. Les expliqué que nuestras armas de energía serían inútiles en menos de un año y que era una buena idea fabricar un lanzador de lanzas y lanzas hechas de materiales avanzados, especialmente en un lugar donde los animales, como los dinosaurios, tenían pieles gruesas. También hice que la maquinaria replicadora de la nave nos fabricara arcos y flechas.

Sabemos que son un enemigo. Ahora permaneceremos en silencio y sin ser vistos y trabajaremos en nuestro plan de ataque para apoderarnos de esa nave.

******

El ataque salió bien. Un prisionero solitario es lo que pudimos conseguir. Lucharon agresivamente, pero no pudieron matar a ninguno de nosotros. El elemento de sorpresa fue nuestro y el plan funcionó. Aún no sabemos si pudieron contactar su nave durante el ataque y comunicar que estaban bajo asalto. Si lo hicieron, y lo más probable es que así fuera, entonces deberíamos escondernos y esperar a que la nave nodriza responda. Si no lo hicieron, entonces debemos tomar posesión del transbordador rápidamente. No sé si tenemos otra opción que tomar esta nave. No hay otra manera de salir del planeta en este momento. Monitorearemos y escucharemos sus comunicaciones y esperamos que no digan nada alarmante.

El prisionero tiene una flecha en el hombro y una herida de cuchillo en el estómago. Nuestro médico lo está curando. Quizás lo necesitemos para obtener información y entrar a la nave nodriza. Con suerte, le importa su propia vida lo suficiente como para no elegir convertirse en mártir para proteger a su pueblo de nuestra invasión.

Esta fue una pelea muy física. Creo que haré que el médico me revise cuando tengamos tiempo. Me estoy haciendo demasiado viejo para esto, pero años de práctica y entrenamiento lo han hecho más fácil. Todavía me duele todo y recibir varios golpes en la cabeza no puede servirme de nada. Espero que el médico me recomiende una línea de trabajo diferente y es posible que yo acepte su sugestion.

Hemos interrogado al prisionero. Pertenece a una facción que no reconoce la autoridad del actual gobierno en su planeta. Su objetivo es mostrar la ineptitud de sus líderes e iniciar una respuesta violenta de nuestro gobierno al asesinato de nuestro príncipe. Es posible que quieran arrastrarnos a una guerra terrestre, una guerra de guerrillas en toda probabilidad, ya que el equilibrio de poder está a nuestro favor. Es muy probable que esperen agotar nuestra voluntad política y luego, dentro de muchos años, presentar demandas que les favorezcan.

Me estoy adelantando demasiado. Lo obligaremos a cooperar y tenemos su vida en nuestras manos. Creo que seguirá el juego y hara lo que queremos. Él será la voz que la nave nodriza va a ver y escuchar cuando nos acerquemos a ellos. No tiene nada que perder. Espero que no esté dispuesto a sacrificar su vida. Puede traicionarnos cuando estamos al alcance de las armas del enemigo, y entonces podemos ser destrozados rápida y fácilmente en el espacio.

Chapter 21: Captain Dimetrous - Enemy Ship

They can probably see the two recently wrecked ships from space—lucky us. They decided against orbital bombardment and landed a ship on the planet's surface. They will investigate both.

We have left some devices on our ships with recordings of ourselves. We hope the messages are enough to get them to speak about their intentions or communicate with their mothership so that we can gain insight into who they are and their goals. We can't simply assume they are enemies and attack them. I want to see how they react to our message.

They have come down for a physical close inspection of both wreckage sites. Their shuttle pod is of an unfamiliar design. They will notice our salvage efforts and the graves and know someone survived. The anti-gravity platforms allowed us to move a lot of equipment quickly. We are secure in the cave we have made our home base. They may be able to detect our distinct species' biometric signatures from a long range, so we should prepare for a violent confrontation. I have not discussed this with the others, but I think we should preempt and attack them once we ascertain they come with violent intentions. We have not yet established their species or their political allegiance and motivations. It may be that they have accidentally stumbled upon us and have no idea there was a minister of foreign affairs, our prince, onboard. They would have already sent a message about their presence if it were a rescue ship. These people are not here to rescue us.

We are receiving a good signal from our ship. We can see them walking around and searching. It looks like the species of these people is the same as those on the planet we are going to for the peace conference. Two other individuals among them must come from another planet. I do not recognize their species. An ally of theirs, I suppose—someone who is providing them supplies and the unfamiliar ships.

They are looking for the prince. The image recording we intentionally left behind shows the prince speaking with other crew members. We recorded a moment where the prince is in the medical bay undergoing treatment for severe burns and bodily injury. They know he survived.

We observed them as they contacted their mothership and received the order to expand their search. They are to find the prince and make sure he is dead. We now know that they are an enemy. They are looking for the minister with the intent to kill him.

The prince is in perfect health. A little physical theatrical preparation and he was made to look as if he suffered severe injuries during the crash landing. His acting performance was also convincing. He enjoyed the opportunity to be dramatic and has expressed that he sometimes wishes he had taken an alternate career route into the theater. He still laughs at the thought.

The beacon is not transmitting our location anymore but is watching and sending us data. This entire solar system is the territory we are monitoring. The borders of the area we monitor extend beyond the limits of the last object in orbit around this sun designated as a planet.

There have been no additional ships entering the system. Neither friendly ones coming to our rescue nor ships with assassins coming to kill us. The executioners are already on the ground, and they are searching for us.

We are prepared to defend ourselves. We have developed our plan of attack, and it is hoped that we can quickly take control of their ship. The ship on the ground may be relatively easy, but the ship in space will be a big problem. It is heavily armed. The shuttle that brought the killers to the ground presents no challenge for the mothership. If we were to fly out into space in it, they could quickly and easily shoot us down. Until we capture the shuttle, we do not know if it can outrun the larger ship. It is very unlikely, however.

We will wish to be as quiet as possible in our hunt for assassins. Energy weapons can be oddly noisy and have a distinctive sound, which might alert them to our actions. Instead, we will use atlatls, spear throwers. With them, we can hurl a spear at about 150 kph. That should be enough force to pierce their body armor and kill them quickly. We will carry our standard weapons with us but only use them if forced to do so.

The crew did not understand at first why I was creating a weapon that was first used by our ancestors over thirty thousand years ago. I explained that our energy weapons would be useless in less than a year and that a spear thrower and spears made of advanced materials were a good idea to make, especially in a place where the animals, like the dinosaurs, had thick hides. I also had the ship's replicator machinery make bows and arrows for us.

We know they are an enemy. Now, we will remain quiet and unseen and work on our plan of attack to take over that vessel.

******

The attack went well. A solitary prisoner is what we could manage. They fought aggressively, but they were unable to kill any of us. The element of surprise was ours, and the plan worked. We do not yet know if they were able to contact their ship during the attack and communicate that they were under assault. If they did, and most likely they did, then we should hide and wait for the mothership to respond. If they did not, then we need to take possession of the shuttle quickly. I don't know that we have a choice but to take the ship. There is no other way to get off the planet right now. We will monitor and listen to their communications and hope they do not say anything alarming.

The prisoner has an arrow to the shoulder and a knife wound to the stomach. Our doctor is patching him up. We may need him for information and to get us inside the mother ship. Hopefully, he cares about his life enough that he won't choose to become a martyr to protect his people from our invasion.

This was a very physical fight. I think I will have the doctor look me over when we have time. I am getting too old for this, but years of practice and training have made it easier.

Everything still hurts, and receiving several knocks to the head can't be any good. I expect the doctor to recommend a different line of work, and I may take him up on that.

We have interrogated the prisoner. He belongs to a faction that does not recognize the current government's authority on his planet. They aim to show the ineptitude of their leaders and to initiate a violent response from our government in response to the assassination of our prince. They may want to pull us in for a ground war, a guerilla war in all probability, since the balance of power is in our favor. They will very likely hope to exhaust our political will and then, many years from now, make demands favorable to themselves.

I am getting too far ahead of myself. We are forcing him to cooperate and holding his life in our hands. I think he will play along. He will be the voice the mothership sees and hears as we approach them. He has nothing to lose. I hope he is not willing to sacrifice his life. He may betray us when we are in weapons range, and then we can be quickly and easily blasted into pieces in space.

Capítulo 22: Asteroide

—La baliza ha detectado algo en las proximidades del planeta que pronto podría representar un problema considerable para nosotros—, dijo el ingeniero jefe Hyskotian.

—¿Qué es? — dijo el Capitán Dimetrous.

— Un asteroide. Tiene un tamaño de unos 9,7 kilómetros.

—Eso es más grande que la mayoría de las montañas de este planeta.

—El lugar del impacto proyectado está al otro lado del mundo, pero tendrá un efecto planetario devastador.

—Según la masa y la velocidad del asteroide, la energía que liberará el impacto sería como detonar cientos de millones de dispositivos nucleares a la vez.

—Sí, señor. Espero que la mayor parte de la vida en este mundo termine. Es un evento a nivel de extinción.

— Necesitamos salir de este planeta. No tenemos otra opción. Debemos arriesgarnos a llevar el transbordador al espacio y esperar poder subir a bordo de esa nave nodriza.

—Estoy de acuerdo. Permanecer en el planeta es una muerte segura. Podemos sobrevivir si intentamos abordar la nave en el espacio.

— Me preocupa que nuestro prisionero no coopere para llevar el transbordador y a todos nosotros a la nave más grande. Estoy seguro de que no quiere morir, pero tampoco quiere ver fracasar a sus compatriotas. Probablemente también esté bastante dedicado a su causa y, si logramos entrar a la nave nodriza, su misión podría fracasar. Tengo una idea. Voy a hablar con el médico—, dijo el Capitán Dimetrous.

Chapter 22: Asteroid

"The beacon has detected something within the vicinity of the planet that may soon pose a considerable problem for us," said Chief Engineer Hyskotian

"What is it?" said Captain Dimetrous.

"An asteroid. It is about 9.7 km in size."

"That is bigger than most mountains on this planet."

"The projected impact site is on the other side of the world, but it will have a devastating planetary effect."

"Based on the mass and speed of the asteroid, the energy the impact will release would be like detonating hundreds of millions of nuclear devices all at once."

"Yes, sir. I expect that most life on this world will end. It is an extinction-level event."

"We need to get off this planet. We don't have a choice. We must risk taking the shuttle into space and hope to get onboard that mothership."

"I agree. To remain on the planet is certain death. We can survive if we try to board the ship in space."

"I am worried that our prisoner will not cooperate to get the shuttle and all of us into the larger ship. I am certain he does not want to die, but he also does not want to see his compatriots fail. He is probably also quite dedicated to his cause, and if we get on board, their mission might fail. I have an idea. I am going to talk to the doctor," said Captain Dimetrous.

Capítulo 23: Capitán Dimetrous - Planes

Le estoy pidiendo al médico que escanee y mida los detalles del cuerpo y la voz del prisionero para crear una simulación de él. Esta simulación hablará con la nave nodriza y los convencerá de que nos dejen subir a bordo. Esa es mi esperanza.

Deben seguir protocolos que nosotros ignoramos absolutamente, palabras, frases y procedimientos, y nuestro prisionero no coopera. No podemos obtener ninguna respuesta de él. ¿Cómo hacemos todo lo que se podría esperar para convencer a la nave nodriza de que todo está bien y que se debe permitir que el transbordador suba a bordo? Hemos tratado de convencer al prisionero de que si fallamos, moriremos todos juntos en el transbordador, pero eso parece estar bien para él, ya que eso incluiría la muerte del Ministro de Relaciones Exteriores, que era el objetivo de su misión después de todo. Así que lo intentaremos sin él. Tenemos que intentar. Estamos bajo presión con ese asteroide que amenaza con traer una destrucción absoluta a la vida en este mundo.

Mi tripulación me dice que el transbordador es fácil de operar y pronto estaremos en el cielo, dirigiéndonos hacia el espacio. La nave enemiga está en la pantalla. Tiene un diseño elegante con proposito para la velocidad. El armamento no es tan poderoso como el de un crucero de batalla o un buque de guerra, pero es más potente que el que tiene disponible el transbordador. Si los embistiéramos, dañaríamos gravemente su nave y tal vez incluso los dejaríamos fuera de combate permanentemente, pero esta no es una misión suicida y necesitamos una nave que funcione. Tenemos que proteger al príncipe. Incluso si él no estuviera aquí, no estoy seguro de dar esa orden de todos modos. Desde nuestra perspectiva actual, pueden ser malos, pero no sabemos realmente quiénes son ni qué están tratando de lograr.

Es hora de que los saludemos. Nuestro acercamiento silencioso podría hacerles sospechar. Haremos que el simulacro de el prisionero tome la iniciativa y comience la conversación.

— Estamos en un curso de intercepción. Solicitando permiso para abordar la nave.

—Te vemos. ¿Todo salió bien? ¿Encontraste al príncipe?

—Sí. Todo salió bien. El príncipe está muerto. Nos tomamos la libertad de quitarle la cabeza del cuerpo y empaquetarla. Podría resultar valioso.

—Acordado. Podemos mostrarlo como un indicador de nuestra sinceridad. Deberías habernos contactado antes de abandonar el planeta.

—Un descuido. Tengo muchas ganas de volver a la nave.

— ¿Suenas diferente? ¿Le pasa algo a tu voz? ¿Hay algo mal?

—No. No. Debe haber algo en el planeta que me hace sentir mareado, ligeramente febril y desconcentrado. Podría ser un alérgeno de alguna de las plantas. Necesito descansar.

— Había dos naves alla abajo. ¿Estaban ambos trabajando juntos?

— Encontramos sólo unos pocos supervivientes de ambos naves y matamos a todos bajo la presión de la batalla. No había nadie a quien interrogar para encontrar respuestas. Las navess eran de diferente diseño. Probablemente no estaban relacionados y eran víctimas de las trampas que colocamos en los agujeros de gusano.

—Posiblemente. ¿Las trampas? El conocimiento de los métodos que utilizamos en esta operación fue restringido. Me sorprende su conocimiento y conciencia de este método. Alguien de tu bajo rango no debería saber nada sobre eso

Fue un paso en falso. Yo era la mente que controlaba la simulación y su discurso. Espero no haber comunicado también un profundo gemido de frustración. Saben que su soldado está comprometido. Es hora de renunciar a esta actuación.

—Señor, están potenciando sus armas.

—Maniobras evasivas. Escudos arriba. Devuélvenos rápidamente a la superficie del planeta. Malditos sean. No tenemos la velocidad para dejarlos atrás en el espacio y no tenemos ninguna posibilidad en un tiroteo. Nuestra mejor oportunidad de supervivencia en este momento está en el planeta. Toda la tripulación, prepárense para algunas maniobras bastante violentas.

El transbordador navega hacia el planeta, a veces girando sobre su eje y desviándose rápidamente hacia la izquierda, derecha, arriba y abajo. Una lluvia de fuego de armas cae sobre ellos, refilón y rebotando en los escudos. Los explosivos de alto rendimiento que caen y detonan en las proximidades del vehículo que huye sacuden y hacen vibrar la pequeña nave con extrema fuerza. La superficie del la nave se derrite por el calor, lo que provoca que vetas de metal fundido se deslicen por su exterior. Entran calientes en la atmósfera y pierden maniobrabilidad, y en ese momento la nave es impactada. Comienzan a girar lateralmente.

La nave parece vacilar, parpadear, tomar aire, luego se reanuda la energía y se recupera el control. La nave nodriza se acerca a la atmósfera y continúa disparando armas en un intenso bombardeo. No habrá un aterrizaje fácil. Quedarse quietos es convertirse en un blanco fácil.

—Abandonen la nave. Todos abandonan la nave. Vallan a sus cápsulas de escape. Nos encontraremos en estas coordenadas.

Suenan las alarmas de evacuación. Gritan y entran en la mente y el cuerpo de todos. La gente se mueve para salvarse. Entran en sus cápsulas y salen disparados de los restos del transbordador en llamas mientras continúa corriendo por el cielo.

— Phillips, estrella la nave a unos cinco kilómetros de las otras naves. Allí el paisaje se nivela un poco. Si puedes gestionar la colision de modo que quede algo que se pueda salvar, sería ideal. Necesitamos salir en el próximo minuto. Estamos al limite—, gritó el Capitán Dimetrous.

Sólo quedamos dos de nosotros en la nave. Estamos a metros sobre la tierra. Los árboles acariciarán el fondo de este lanzadero dentro de un minuto. Doy la orden de marcharse.

Hay cápsulas de escape en las paredes del puente de mando. Nos eyectamos hacia la libertad clara y abierta del cielo. Nuestra velocidad disminuye y nuestro descenso está controlado. Se programan las coordenadas y nos llevan al punto de encuentro.

Preguntas corren por mi mente. ¿Podrán rastrear las cápsulas de escape? ¿Enviarán otra tripulación de asesinos? ¿Tienen ellos otro transbordador? Puede que no tengan otro transbordador. ¿Pueden aterrizar su nave nodriza? ¿Será este el momento en que comenzarán un bombardeo orbital dirigido a nuestra posición?

Las cápsulas de escape deberían ser difíciles de rastrear para las naves enemigas, pero estas cápsulas les pertenecen. Tendremos que alejarnos de ellos rápidamente.

Encuentro a mi tripulación. Todos están bien, incluso el prisionero. Caminaremos hasta la cueva, nos esconderemos por un día y monitorearemos la nave que esta en el cielo.

Chapter 23: Captain Dimetrous - Plans

I am having the doctor scan and measure the details of the prisoner's body and voice to create a simulation of him. This simulation will speak to the mothership and convince them to let us onboard. That is my hope.

There must be protocols that they follow that we are absolutely ignorant of, words, phrases, and procedures, and our prisoner is uncooperative. We can't get any answers from him. How do we perform all that might be expected to convince the mothership that everything is okay and the shuttle should be allowed onboard? We have tried to convince the prisoner that if we fail, we all die together on the shuttle, but that seems to be okay with him as that would include the death of the minister of foreign affairs, which was his mission objective after all. So we will try it without him. We have to try. We are under the gun with that asteroid threatening to bring absolute destruction to life in this world.

My crew tells me that the shuttle is easy to operate, and soon, we are in the sky, headed toward space. The enemy ship is onscreen. It is sleek in design and meant for speed. The armaments are not as heavy as those of a battlecruiser or a warship, but they are more powerful than what the shuttle has available. If we were to ram them, we would severely damage their ship and maybe even permanently take them out of action, but this is not a suicide mission, and we need a functioning ship. We have to protect the prince. Even if he were not here, I'm not sure I would give that order anyway. From our current perspective, they may be bad guys, but we don't really know who they are or what they are trying to achieve.

It's time we hail them. Our silent approach might make them suspicious. We will have the prisoner simulation take the initiative and begin the conversation.

"We are on an intercept course. Requesting permission to board the ship."

"We see you. Did everything go well? Did you find the prince?"

"Yes. Everything went well. The prince is dead. We took the liberty to remove his head from the body and package it. It might prove to be of value."

"Agreed. We can display it as an indicator of our sincerity. You should have contacted us before leaving the planet."

"An oversight. I look forward to returning to the ship."

"You sound different? Is something the matter with your voice? Is something wrong?"

"No. No. There must have been something on the planet that is causing me to feel dizzy, slightly feverish, and unfocused. It could be an allergen from some of the plants. I need to rest."

"There were two ships down there. Were they both working together?"

"We found only a few survivors from either ship and we killed everyone under the pressure of battle. There was no one to question to find answers. The ships were of different design. They were probably unrelated and casualties of the traps we placed in the wormholes."

"Possibly. The traps? Knowledge of the methods we used in this operation was restricted. Your knowledge and awareness of this method surprises me. Someone of your low rank should not know anything about them."

It was a misstep. I was the mind controlling the simulation and its speech. I hope I did not also communicate a deep groan of frustration. They know their soldier is compromised. It's time to give up on this performance.

"Sir, they are powering up their weapons."

"Evasive maneuvers. Shields up. Return us to the planet's surface quickly. Damn them. We can't outrun them in space, and we don't stand a chance in a firefight. Our best chance for survival at the moment is on the planet. All crew, brace yourselves for some pretty violent maneuvering."

The shuttle sails toward the planet, sometimes spinning on its axis and swerving quickly left, right, up, and down. A rain of weapons fire falls upon them, glancing and bouncing off the shields. High-yield explosives dropped and detonated in the vicinity of the fleeing vehicle shake and vibrate the small craft with extreme force. The ship's surface melts from the heat, causing streaks of molten metal to slide along its exterior. They enter the atmosphere hot and lose maneuverability, and at that moment, the ship is struck. They start to spin laterally.

The ship seems to hesitate, blink, to take a breath, then power resumes, and control is regained. The mothership comes closer to the atmosphere and resumes firing weapons in a heavy bombardment. There will be no easy landing. Staying still is to make themselves an easy target.

"Abandon ship. All hands abandon ship. Get to your escape pods. Rendezvous at these coordinates."

The alarms for evacuation sound. They scream out and enter everyone's minds and bodies. People move to save themselves. They enter their pods and shoot themselves out of the flaming wreckage as it continues racing through the sky.

"Phillips, crash the ship about five kilometers from the other ships. The landscape levels off somewhat there. If you can manage the crash so that there is something remaining that is salvageable, that would be ideal. We need to get out in the next minute. We will be cutting this close," shouted Captain Dimetrous.

Only two of us remain on the ship. We are meters from the ground. The trees will be caressing the bottom of this shuttle in another minute. I give the order to leave. There are escape pod capsules on the walls of the bridge. We eject into the clear, open freedom of the sky. Our speed slows, and our descent is controlled. Coordinates are programmed, and we are taken to the rendezvous point.

Questions race through my mind. Can they track the escape pods? Will they send another crew of assassins? Do they have another shuttle? They might not have another shuttle. Can their larger ship land? Is this the time when they begin an orbital bombardment targeting our position?

The escape pods should be hard to track by enemy ships, but these pods belong to them. We will have to move away from them quickly.

I find my crew. Everyone is fine, including the prisoner. We are going to walk to the cave, hide for a day, and monitor the ship in the sky.

Capítulo 24: Capitán Dimetrous - Combinaciones tecnológicas

Los humanos y mi tripulación han estado trabajando como si fueran un solo grupo. Su capitán Galileo ha sido muy complaciente y me ha permitido tomar la iniciativa. Entienden que estamos juntos en esto. Los antagonismos son inútiles. Tenemos que confiar unos en otros. Nuestra experiencia común cercana a la muerte de ser atacados por enemigos y estrellarnos en un planeta nos ha ayudado a unirnos.

Ahora estamos trabajando para combinar tecnologías y usar todo lo que pueda ser útil de nuestras dos naves y el equipo agregado del vehículo lanzadera enemigo robado que acabamos de estrellar. Es posible que podamos lanzarnos al espacio una vez más. Quedan sólo unos días para el esperado impacto del asteroide.

Nuestros enemigos en el cielo debieron haber notado el asteroide que se acercaba. Habrán calculado su tamaño y masa y sabrán que es un objeto que acabará con la vida en este mundo. Todo lo que tienen que hacer es esperar a que choque con este mundo. Deberían irse, pero la información de nuestra baliza nos dice que todavía están vagando por los cielos buscándonos. Bombardearon una vez más los restos de nuestras naves, pero recuperamos mucho equipo antes de su primera llegada.

No sé si los quiero ahí arriba. Ser hecho prisionero podría ser preferible a la absoluta certeza de morir a causa de un asteroide. El mundo será inhabitable para nuestro tipo de vida durante siglos. Si los convencemos del valor de tomarnos prisioneros en lugar de hacernos pedazos, existe la posibilidad de una liberación negociada y luego un regreso a la vida civil. Existe la posibilidad de torturas extensas. Nos tratarán como a una mina llena de oro que debe ser excavada en busca de información valiosa, independientemente del daño. Es probable que la nave reconstruido que estamos construyendo con todas estas piezas de repuesto sea mucho más delicada. Lo único que estamos haciendo hacer es comprarnos unas semanas más de vida si llegamos al espacio. Si se van, podremos reactivar la baliza y tal vez llegue el rescate antes de que muramos en un ataúd espacia.

Chapter 24: Tech Combinations

The humans and my crew have been working as if they are one. Their captain Galileo has been quite accommodating, allowing me to take the lead. They understand that we are in this together. Antagonisms are useless. We have to trust each other. Our common near-death experience of being fired upon by enemies and crashing on a planet has helped bond us together.

We are now working on combining technologies and using whatever may be useful from our two ships and the added equipment from the stolen enemy shuttle vehicle we just crashed. We may be able to launch into space once more. There are only a few days left before the anticipated asteroid strike.

Our enemies in the sky must have noticed the approaching asteroid. They will have calculated its size and mass and know that it is an object that will end life in this world. All they have to do is wait for it to collide with this world. They should leave, but information from our beacon tells us they are still wandering the skies in their search for us. They bombarded the wrecks of our ships once more, but we salvaged a lot of equipment before their first arrival.

I don't know if I want them up there. Being taken prisoner might be preferable to the absolute certainty of death by an asteroid. The world will be uninhabitable for our kind of life for centuries. If we convince them of the value of taking us prisoners instead of blasting us into pieces, there is the possibility of a negotiated release and then a return to civilian life. There is the possibility of extensive torture. They will treat us like a mine filled with gold that must be excavated for valuable information, regardless of the damage. The reconstructed ship we are building from all these spare parts is likely to be much more delicate. The only thing we may be doing is buying us a few more weeks of life if we make it into space. If they leave, we can reactivate the beacon, and maybe rescue will arrive before we die in a space coffin.

Capítulo 25: Capitán Dimetrous - Despegar

No pensé que llegaría el día. Nuestra nave reconstruido está completo. Es considerablemente más pequeña que cualquiera de los tres vehículos que hemos utilizado en las últimas semanas. También apagamos los transpondedores de identidad y ubicación de las cápsulas de escape, los arrastramos hasta aquí y los incorporamos a la nueva nave que estamos ensamblando. Son casi inútiles como cápsulas de escape, pero serán buenas como salvavidas. Cada uno de nosotros tendrá una pequeña habitación. Podremos llegar al espacio lentamente. Lento no es la forma ideal de llegar al espacio, pero llegaremos allí.

El asteroide está a un día de su encuentro con este planeta. Parece que evitaremos esa forma de muerte. La nave enemiga abandonó la órbita y abandonó la zona, lo que es otra forma de muerte que no nos recibirá. Ahora, si lo logramos, flotaremos pacíficamente en el espacio y esperaremos el rescate. Si alguien no llega a tiempo para salvarnos, allí nos abrazará la muerte.

La nueva nave tiene un diseño radial. Su rueda central alberga la mayoría del equipo necesario para su funcionamiento, y todas las cápsulas de escape están en la periferia, sujetas y mantenidas en su lugar. Está lejos de ser la nave de nuestros sueños, pero esperamos que nos ponga en órbita y más allá.

El primer paso es llevarnos a lo alto de la atmósfera. Usaremos globos muy grandes llenos de nuestro hidrógeno disponible. Será un ascenso muy lento. A máxima altitud y mediante ese método, encenderemos motores que nos impulsarán hacia arriba y hacia los lados a lo largo de la superficie de la atmósfera. Existe cierta esperanza de que podamos ganar suficiente velocidad para elevarnos y alejarnos de este mundo. Ese es el plan.

La primera parte transcurre sin problemas.

Chapter 25: Liftoff

I did not think the day would come. Our reconstructed ship is complete. It is considerably smaller than any of the three vehicles we have used in recent weeks. We also turned off the identity and location transponders of the escape pods, dragged them here, and incorporated them into the new ship we are assembling. They are nearly useless as escape pods but will be good as life preservers. Each one of us will have a tiny room. We will be able to get into space slowly. Slow is not the ideal way to get into space, but we will get there.

The asteroid is one day away from its meeting with this planet. It looks like we will avoid that form of death. The enemy ship has left orbit and abandoned the area, which is another form of death that will not greet us. Now, if we manage it, we are going to float in space peacefully and await rescue. If someone does not arrive in time to save us, death will embrace us there.

The new ship has a radial design. Its central wheel houses the majority of the equipment needed for its operation, and all the escape pods are at the periphery, clamped and held in place. It is far from the ship of our dreams, but we hope it will get us into orbit and beyond.

The first step is to get us high into the atmosphere. We will use very large balloons filled with our available hydrogen. It will be a very slow ascent. At maximum altitude through that method, we will ignite engines to thrust us upward and sideways along the atmosphere's surface. There is some hope that we can gain enough velocity to get higher and away from this world. That is the plan.

The first part goes smoothly.

Capítulo 26: Capitán Dimetrous - Caída al Planeta

Estamos envueltos en llamas, girando y dirigiéndonos hacia la superficie a velocidades incómodas. La tecnología me da datos buenos y precisos sobre la situación. Al menos esos sistemas funcionan como deberían. Este es el tercer aterrizaje forzoso que espero sobrevivir.

No llegamos al espacio; de todos modos, era una posibilidad remota. La esperanza nos mantuvo adelante. El diseño modular de la nave fue intencional, ya que ahora nos permite liberar las cápsulas de escape para que puedan realizar un aterrizaje relativamente suave.

Regresaremos a las cuevas que abastecimos con equipo y comida. Cuando aterrizamos por primera vez, pensamos que esa cueva se convertiría en nuestro hogar. Íbamos a ser residentes permanentes de este mundo y esperábamos morir y ser enterrados aquí. O tal vez esa era mi expectativa desde el principio. Todos los demás esperaban ser rescatados.

Es un hallazgo afortunado. Contiene redes de túneles, un depósito de agua subterráneo, peces y otras formas de vida acuática, y aguas termales en un extremo de los pasajes. Tendremos que acceder a esa energía geotérmica con cuidado para alimentar nuestros equipos y producir otras cosas que necesitamos.

La información de la baliza nos dice que el asteroide impactará en el otro lado del planeta. No vamos a ser aplastados contra la tierra. Incluso a pesar de lo lejos que estemos, anticipamos todo tipo de sacudidas físicas, terremotos y temblores. Los daños atmosféricos tardarán varias horas más en llegar hasta nosotros.

Mientras tanto, una vez que regresemos a la superficie, cazaremos varios animales grandes y llevaremos sus cadáveres a la cueva para su procesamiento. La entrada a la cueva deberá cerrarse permanentemente. Haremos lo que podamos con nuestros escudos de energía para protegernos. Experimentarán el mayor estrés en los primeros días y semanas del evento.

Las cápsulas de escape siguen en buen estado. Llevaremos algunos de ellos al interior de la cueva. Son bastante resistentes. Ahora servirán como nuestras camas, oficinas y baños. Pueden reciclar nuestros desechos y mantenernos vivos por más tiempo. Todas las demás cápsulas de escape están reunidas justo afuera de la entrada de la cueva.

Voy a extrañar ver el sol. No lo volveremos a ver en nuestras vidas.

Chapter 26: Planetfall

We are enveloped in flame, spinning, and headed toward the surface at uncomfortable speeds. The technology gives me a good and precise reading of the situation. At least those systems are functioning as they should. This is the third crash landing I expect to live through.

We did not reach space—it was a long shot, anyway. Hope kept us going. The ship's modular design was intentional, as it now allows us to release the escape pods so that they can make a relatively gentle landing.

We will return to the caves that we supplied with equipment and food. When we first landed, we thought that cave would become our home. We were going to be permanent residents of this world and expected to die and be buried here. Or maybe that was my expectation from the beginning. All the others expected to be rescued.

It is a lucky find. It contains tunnel networks, an underground water reservoir, fish and other aquatic life, and thermal waters at one end of the passages. We will have to access that geothermal energy carefully to power our equipment and produce other things we need.

The information from the beacon tells us that the asteroid will hit the other side of the planet. We are not going to be crushed into the earth. Even as far away as we are, we anticipate all kinds of physical shocks, earthquakes, and tremors. The atmospheric damage will take several more hours to reach us.

In the meantime, once we return to the surface, we will hunt several large animals and bring their carcasses to the cave for processing. The cave entrance will have to be permanently closed. We will do what we can with our energy shields to protect ourselves. They will experience the greatest stress in the early days and weeks of the event.

The escape pods are still good. We will bring some of them inside the cave. They are quite resilient. They will now serve as our beds, offices, and bathrooms. They can recycle our waste and keep us alive longer. All the other escape pods are gathered together just outside the entrance to the cave.

I am going to miss seeing the sun. We will not see it again in our lifetimes.

Capítulo 27: Capitán Dimetrous – Otra Nave

Una nave ha entrado al sistema. Aún no podemos identificarlo, por lo que nos quedaremos callados y no activaremos la baliza. Puede que sea una nave de rescate y la información de la baliza les sería útil, pero también podría ser un depredador. Sabremos quiénes son cuando se acerquen.

No es una nave de rescate. La primer nave enemiga nunca regresó, por lo que enviaron otro. Una nave mucho más grande y poderoso. ¿De dónde sacaron semejante embarcación? Nuestra civilización colonizó su mundo. Si hubieran tenido naves como este en el momento de nuestra invasión, nos habrían rechazado con éxito. Serían independientes hoy. Puede ser una señal de lo que vendrá. Cualquier nave de rescate nuestra que pudiera llegar sería rápidamente eliminada. Quizás estén aquí para esperar. Quieren ver y asegurarse de que el asteroide nos golpee y nos mate, junto con todo lo que hay en este mundo.

Creo que no necesitan prisioneros y siento que no consideran que nuestras vidas tengan ningún valor. No están interesados en interrogatorios ni en extraer información. No dudaron en intentar destruirnos cuando intentamos abordar uno de sus naves. Eso es lo que yo creía. Me están haciendo pensar lo contrario. ¿Por qué entran a la atmósfera? ¿Por qué exploran el terreno y examinan el paisaje? Estamos indefensos y vulnerables.

Creo que podemos sobrevivir mucho tiempo bajo tierra. Quizás ellos piensen lo mismo. Si sobrevivimos, entonces sigue existiendo la posibilidad de que podamos ser rescatados, y ellos no quieren que eso suceda. El ministro de Asuntos Exteriores no ha sido confirmado como asesinado.

También saben que los restos de nuestras naves no se encuentran en la zona de impacto directo del asteroide. Estamos al otro lado del mundo. Deben considerar a nuestro ministro extremadamente valioso y quieren garantizar que las negociaciones fracasen. La paz no es su esperanza ni su sueño para el futuro de ninguna de nuestras especies. Si tienen más de estas naves en alguna parte y están listos para el combate y la guerra, un plan de paz fallido es algo que desean. Firmar un documento que garantice la cooperación entre nuestros mundos y civilizaciones es un problema para ellos.

Nuestros Ministros y diplomáticos han trabajado duro para llegar a este punto. Nuestro príncipe es probablemente el único que puede hacer avanzar todo hasta su conclusión, y ha sido difícil ganarse la confianza. La ira siempre está burbujeando bajo la superficie, y no presentarse será un insulto y una señal de nuestra falta de sinceridad y confiabilidad. Se alzarán las voces, las emociones se saldrán de control, la violencia se extenderá y el gobierno local será derrocado. La gente que quiere vengarse de nosotros llegará al poder. El pueblo que busca la independencia por la fuerza porque cree que es el único camino reinará y vendrá la guerra. Intentarán borrar su humillación y hacernos lo que les hemos hecho a ellos. La posibilidad de reconciliación y de un nuevo futuro juntos se desvanecerá.

Debe haber más en la visión del mundo de estos renegados, pero no puedo comprenderlo. Creo que están traicionando a su mundo. Deben pensar que lo honran y lo protegen de alguna manera. Debe haber algún aspecto comercial o financiero en alguna parte. Debe haber riqueza y poder que estén en juego. Eso es pare mi especular y para el ministro determinar. No es mi especialidad.

Puedo escuchar disparos de armas y explosiones en los lugares de nuestros naufragios. Por un momento tuve la esperanza de que tal vez esta nave no estuviera aliado con nadie que pudiera desearnos la muerte. El diseño del la nave me hizo dudar y considerar que tal vez no eran un enemigo. No están aquí para ayudar.

Se han quedado en silencio y, tal vez, estén satisfechos con el bombardeo de nuestras viejas naves. Están avanzando. Nuestra baliza ha calculado la trayectoria del la nave. Pasarán por encima en los próximos minutos si no cambian de rumbo. Deben tener la potencia de fuego para derribar esta cueva. La montaña entera puede pulverizarse hasta convertirse en un cráter.

Estamos perdidos si ven nuestro equipo afuera de la entrada. Hay mucho de eso. Hemos perdido. Sabrán que estamos aquí.

Chapter 27: Another Ship

A ship has entered the system. We cannot identify it yet, so we will stay quiet and not activate the beacon. It may be a rescue ship, and the information from the beacon would be helpful to them, but it could also be a predator. We will know who they are when they get closer.

It is not a rescue ship. The first enemy ship never returned, so they sent another. A much larger and more powerful ship. Where did they get such a vessel? Our civilization colonized their world. If they had ships like this at the time of our invasion, they would have successfully fought us off. They would be independent today. It may be a sign of things to come. Any rescue ship of ours that might arrive would be quickly eliminated. They may be here to wait. They want to see and make sure the asteroid strikes and kills us, along with everything in this world.

I believe they do not need prisoners and feel that they do not consider our lives to have any value. They are not interested in interrogations or extracting information. They did not hesitate to try and destroy us when we tried to board one of their ships. That is what I believed. They are making me think otherwise. Why are they entering the atmosphere? Why are they scanning the ground and surveying the landscape? We are helpless and vulnerable.

I think we can survive for a long time underground. They may think likewise. If we survive, then the possibility continues to exist that we can be rescued, and they do not want that to happen. The minister of foreign affairs has not been confirmed assassinated.

They also know our wreckage is not in the direct impact zone of the asteroid. We are on the other side of the world. They must regard our minister as extremely valuable, and they want to ensure the negotiations fail. Peace is not their hope or dream for the future of either of our species. If they have more of these ships somewhere and they are ready for combat and war, a failed peace plan is something they desire.

Signing a document ensuring cooperation between our worlds and civilizations is a problem for them.

Our Ministers and diplomats have worked hard to get us to this point. Our prince is probably the only one who can move everything forward to its conclusion, and trust has been difficult to earn. Anger is always bubbling below the surface, and failure to show up will be an insult and a sign of our lack of sincerity and trustworthiness. Voices will rise, emotions go out of control, violence will spread, and the local government will be overthrown. The people who want vengeance upon us will come to power. The people who seek independence by force because they believe it is the only way will reign, and war will come. They will attempt to erase their humiliation and do to us what we have done to them. The possibility of reconciliation and a new future together will vanish. There must be more to the worldview of these renegades, but I cannot fathom it. I believe they are betraying their world. They must think they honor it and protect it in some way. There must be some commercial or financial aspect to it somewhere. There must be wealth and power that hangs in the balance. That is for me to speculate about and the minister to determine. It is not my expertise.

I can hear weapons fire and explosions at the sites of our shipwrecks. For a short time, I had the hope that maybe the ship was not allied to anyone who might wish us dead. The ship's design made me hesitate and consider that perhaps they were not an enemy. They are not here to help.

They have gone quiet and, perhaps, are satisfied with their bombardment of our old ships. They are moving onward. Our beacon has calculated the ship's path. They will pass overhead in the next few minutes if they don't change course. They must have the firepower to bring this cave down. The entire mountain can be pulverized into a crater. We are lost if they see our equipment outside the entrance. There is so much of it. We have lost. They will know we are here.

Capítulo 28: Capitán Dimetrous - Capsulas de Escape

No hay manera de que podamos tener una comprensión precisa del diseño y la estructura del la nave de ataque. Existen algunas expectativas básicas, pero sólo tenemos suposiciones y probabilidades basadas en la experiencia.

Las cápsulas de escape no tienen potencia suficiente para lanzarse y maniobrar alrededor de la superficie de este planeta, pero sí tienen potencia. En este momento, son la clave para salvarnos. Explico mi plan y ordeno a todos que realicen su tarea asignada. Se le dice al príncipe que se adentre en el complejo de cuevas por seguridad. Debo comunicarme con la nave que se acerca. Que se esperen un poco antes de dispararnos con todo el arsenal de su nave. Todos sabemos que el tiempo es corto.

—Hola. Este es el Capitán Dimetrous. Estamos en una misión de paz. Íbamos camino a un planeta para participar en negociaciones de paz entre partes cuando un desafortunado accidente nos provocó el naufragio. ¿Pueden ayudarnos?

Asistencia. Les pedí ayuda. Saben que intentamos abordar su otro nave y saben que la otra nave nos disparó con la intención de destruirnos. Puede que no se molesten en decir nada en respuesta, pero deben sentir curiosidad por el ministro. Lo quieren muerto y querrán obtener alguna respuesta de mi parte.

— Este es el Capitán Thanagorius Tep de la nave estelar Atagara. ¿Una misión de paz? Eso es muy noble. Todos pueden apreciar la paz. Me pregunto cuál fue la fuente del conflicto para estas personas que ibas a salvar.

—¿La fuente del conflicto?

—Sí. Debe haber algo que deseaban resolver que era intratable y resultó en conflicto. Diferentes partes quedaron insatisfechos y luego buscaron reparación por la injusticia percibida. Dime, ¿cuál fue el problema?

— Están buscando independencia del control extranjero. Quieren control sobre los recursos de su planeta. Quieren que sus ciudadanos sean tratados con respeto y que se les otorguen todos los derechos que merece cualquier especie sensible. Quieren que cese la supresión de su religión, cultura e idioma. Quieren que el sistema educativo impuesto sea eliminado o modificado para incluir cosas que consideran valiosas para transmitir a las siguientes generaciones.

— Todas estas son demandas muy importantes. Todas las personas merecen estas formas de respeto. ¿Quién los niega? ¿Qué poderes vinieron a negarles sus derechos naturales? Por favor dímelo para que pueda entenderlo.

— Se ha negociado un nuevo tratado que les otorga estos privilegios. Sus preocupaciones se abordan con respeto.

—¿Respetuosamente? Han pasado más de cien años desde que su pueblo llegó a nuestro mundo. Ha habido tiempo para muchas faltas de respeto y agravios. Ustedes se creían superior y sentian que su presencia entre nosotros era un regalo. Estábamos muy bien sin ustedes y haciendo nuestro propio progreso en el arte de la

civilización. Quizás ahora sea nuestro turno.
Tenemos cosas que enseñarles.

— Escuchar y aprender unos de otros es
importante. Estamos aquí para hacer esto
mientras abrimos un nuevo capítulo en la
relación e interacciones entre nuestras culturas y
civilizaciones.

— ¿Dónde está el príncipe? Habla
bastante bien pero no puede ser ministro de
Asuntos Exteriores. No puedes ser el responsable
de las negociaciones o del tratado.

—Él está bien. El ministro está bien.

— ¿Dónde está el ministro? Tenemos
interés en el resultado de esta reunión.

— Creo que sí. Su nave tiene un diseño
bastante llamativo.

—¿Te gusta? También aprecio su diseño
y la potencia que proporciona. Nos permitirá
proteger nuestros hogares y territorios para que
nunca más suframos bajo el yugo imperial.
¿Alguna vez tu gente ha sido subyugada?

—No. A nosotros no.

—No es una experiencia agradable."

"Esta nave no es nativa de tu mundo,
¿verdad? ¿De dónde vino?"

— Tenemos nuevos amigos. Ofrecen un
tipo de relación diferente y se sienten generosos.
Entienden la injusticia y tienen la intención de
ayudar a hacer las cosas bien.

— Los amigos son importantes. La
justicia es importante.

— ¿Dónde está el ministro?

— Tenemos la intención de mantenerlo a
salvo. Tenemos la intención de transportarlo a la
conferencia de paz.

— Ninguna de esas opciones está dentro
de sus capacidades. Podemos tomar al ministro y
enviar un mensaje a su gente de que necesita
rescate.

—Eso no va a pasar. Lo escoltaremos y
protegeremos.

*Varios miembros de la tripulación salen
con lanzas, arcos y flechas. Apuntan hacia la*

nave en el cielo. Se escuchan risas por el enlace de comunicaciones.

— Esto es absurdo. Puedo enviar un equipo de soldados que pueden matarlos a todos a distancia, o puedo disparar desde esta nave. No tienes defensa.

Se disparan algunas ráfagas de armas de energía contra la nave desde tierra con un efecto insignificante. La nave se acerca a tierra y el cañón de energía delantero se enciende, mostrando un brillo rojo cada vez más feroz y ardiente.

— Has agotado mi paciencia. Mira profundamente hacia el fuego que te consumirá.

*****

Las cápsulas de escape deben ser capaces de dispararse desde una nave más grande que debe abandonarse rápidamente. Generan una cantidad masiva y concentrada de empuje que las empuja hacia afuera y las libera de una nave más grande.

El Capitán Dimetrous presiona un botón en un control remoto y dos cápsulas de escape se lanzan al aire. Como misiles, chocan con la gran nave que está encima y explotan, abriendo un agujero en lo que se espera sea la bahía de transbordadors del la nave. La nave se estremece en el aire mientras los sistemas de energía fluctúan y se reajustan al efecto del impacto.

—¡Rápido! Métanse en las otras cápsulas de escape. Vamos a abordar ese nave—, dijo el Capitán Dimetrous.

La tripulación acató con las órdenes y se lanzó hacia el interior del la nave por la brecha. Yo los sigo. La gran nave ha comenzado a alejarse. Más alto en el cielo. Si entran al espacio, tendremos un problema. Usamos máscaras y viseras que nos permiten respirar, pero no están diseñadas para el espacio.

Nuestro primer objetivo es llegar a la bahía del transbordador. Nuestras lanzaderas penetran en el interior y luego se hacen a un lado para dejar espacio a los demás. Todos están a bordo. Luego debemos abandonar el hangar del transbordador y entrar en el interior de la nave.

Pueden enviar soldados al interior para atacar e intentar deshacerse de nosotros, o pueden mantenernos encerrados fuera el tiempo suficiente para sufrir la pérdida de atmósfera.

Se abre una puerta y entran soldados fuertemente armados y blindados. Les lanzamos un explosivo. Esto los inutiliza y daña la entrada. No se cerrará. Ahora tenemos un agujero permanente que conduce al interior.

No conocemos la tripulación de una nave de esta clase. No es grande, quizá treinta o cuarenta. Nos superan en número y nuestras armas no están lo suficientemente cargadas para un enfrentamiento de varias horas. La tripulación que venga hacia nosotros estará blindada y bien protegida, pero si podemos entrar rápidamente, es posible que encontremos individuos que aún no se hayan protegido. Ellos estaran encargados de las operaciones y reparaciones del la nave. Tendremos que matarlos con cuchillos, lanzas y flechas y guardar nuestras armas de energía para usarlas contra armaduras.

Más soldados llegan al enorme agujero y comienzan a disparar sus armas. Estamos todos inmovilizados, disparando nuestras armas de un lado a otro. Necesitamos causar más daños a la nave y afectar más sistemas para mantener a todos ocupados y distraídos.

Se utilizaron dos cápsulas de escape como armas kamikaze y explotaron al impactar con la nave. Ahora estamos demasiado fuera de alcance para intentar esa maniobra nuevamente desde las cápsulas terrestres. En la zona de la bahía de lanzaderos tenemos las cápsulas que utilizamos para el transporte y el embarque en el barco. Hay siete a bordo. Podríamos lanzar una cápsula desde la bahía del transbordador y reorientarla para que regrese y ataque la nave, pero no sería lo suficientemente rápido y la cápsula probablemente sería disparada y destruida por el armamento de la nave. Recuerdo que las cápsulas tienen cables de remolque. Estos se utilizan para recuperar la cápsula y el personal después de que lleguen los equipos de rescate.

Le digo a mi tripulación que me cubra y que concentren su intensa potencia de fuego en la puerta por donde los soldados intentan entrar. Gran parte de la estructura de la nave ha quedado expuesta por las colisiones y explosiones de las dos primeras cápsulas. Saco el cable de remolque, lo enrollo varias veces alrededor de las vigas de soporte estructural y lo aseguro. Ordeno a mi tripulación que retroceda contra una pared lejana y luego, con el control remoto, activo los motores de la cápsula de escape, orientándola para que se lance fuera de la nave a través del agujero.

Una violenta sacudida del la nave nos lanza a todos del suelo y al aire durante varios segundos. Aterrizamos con ruido sordo, nos sacudimos y nos reorientamos para devolver el fuego al enemigo. Algunos de los soldados enemigos fueron arrastrados hacia el vasto cielo, perdieron el equilibrio, se agarraron a los asideros y cayeron al aire libre para caer en picado al suelo. Los que quedan enfocan sus armas en el cable de remolque, tratando de romperlo para liberar la cápsula. Utilizo el control remoto para enviar la orden a la cápsula para que dé vueltas alrededor de la nave e intente forzarla a girar, y si eso no funciona, entonces espero que pueda cortar la estructura de la nave como un alambre en un trozo de queso.

La cápsula de escape continúa tirando, lo que hace que toda la nave se desvíe de su rumbo.

Las vigas estructurales a las que está sujeta la cápsula se doblan y finalmente se rompen. La nave responde con otra maniobra desorientadora al no poder compensar los cambios repentinos en las fuerzas que se le aplican. Los soldados están más cerca del agujero en el casco del la nave y son expulsados.

Hasta ahora hemos eliminado al menos ocho soldados del juego. Pronto llegarán más a la puerta. Es hora de que avancemos más hacia el interior. Los pasillos están despejados. Suenan las alarmas y las luces de emergencia se encienden y apagan. Nos movemos rápidamente.

Los técnicos e ingenieros quedan sorprendidos. Saben que tienen que luchar, pero tienen menos habilidades que las fuerzas de seguridad. Ellos buscan armas; antes llevaban en las manos herramientas, dispositivos de diagnóstico y escáneres. Es una pena matar gente talentosa, pero no se quedarán al margen y nos permitirán apoderarnos de su nave. Nuestras lanzas vuelan y perforan sus cuerpos. Nuestras flechas se clavan en su carne y, a medida que nos acercamos, nuestros cuchillos desgarran sus cuerpos para que su sangre fluya. Es una pena, pero es necesario. Tenemos una misión que cumplir. Tenemos un diplomático importante que entregar a una negociación de paz. Enfrentamos su violencia con nuestra violencia y les imponemos nuestra voluntad.

El puente de mando ha sido cerrado. Nos hemos dividido en dos equipos y mi gente en la sección de ingeniería está trabajando para hacerse con el control de los motores y los sistemas de mando. Me dicen que la nave es extraña y casi incomprensible. Tienen que hacer conjeturas fundamentadas.

— Vea si puede cortar el soporte vital de toda la nave. ¡Rápidamente!

Nuestras máscaras nos protegerán el tiempo suficiente para que la tripulación quede inutilizada cuando finalice el soporte vital. Debemos entrar en el puente de mando y asegurarnos de que esta nave no caiga repentinamente en picada hacia el planeta.

La nave se oscurece. Todo queda en silencio. Y luego, comenzamos a flotar hacia el techo mientras la nave cae en picado hacia el planeta. Les dije que cortaran el soporte vital y lo lograron, además de cortar la energía a todo lo demás. No podemos hacer nada aquí. Estamos presionados contra el techo y la nave ha comenzado a girar mientras se hunde. Mi tripulación en la sala de máquinas debe estar igual de indefensa.

Llego a una esquina y activo mis botas magnéticas. Esto durará unos segundos y me dará algo de estabilidad. Saco el control remoto de las cápsulas de escape. Esto va a ser un desastre. Nos quedan seis cápsulas. No tienen motores potentes. Al menos no lo suficiente como para soportar el peso de un nave real. Les indico que enciendan sus motores y se orienten para empujar hacia arriba. Están siendo arrojados dentro de la bahía del transbordador, pero pueden orientarse en direccion lejos de la fuente de gravedad y encontrar hacia arriba. Las instrucciones han sido enviadas y ahora lo único que podemos hacer es esperar.

No hay ningún cambio notable, al menos durante lo que parece mucho tiempo. Pero algo está pasando. Estamos desacelerando. Esta funcionando. Hay un rugido que vibra a través del barco. Seis pequeños motores resuenan como uno solo.

Llego al suelo, saco mi escáner y examino datos. Estamos a medio kilómetro del suelo. Eso está cerca. Tengo que aterrizar la nave antes de que las cápsulas se agoten. Necesitamos acercarnos al suelo antes de que nos dejen caer. Les quedaba poca energía cuando comenzamos este ataque y deben estar casi vacíos. Saco el control remoto y les indico que desciendan lentamente. Están sosteniendo el peso del la nave. Funcionó el plan.

Se quedan sin combustible simultáneamente. Nos estrellan contra el techo y luego contra el suelo o una pared. La nave ha tocado el suelo.

El aire está lleno de polvo y humo. No se ha restablecido el suministro eléctrico y los sistemas de extinción de incendios no están activos.

— Todos, salgan. Vallanse. Sal afuera.

Me siento agotado. Desorientado. Estoy afuera y he caído sobre manos y rodillas. No

puedo pensar con claridad. ¿Es este el naufragio
número cuatro?

Chapter 28: Escape Pods

There is no way we can have an accurate understanding of the layout of the attack ship's design and structure. Some basic expectations exist, but we only have assumptions and probabilities based on experience.

The escape pods do not have enough power to launch and maneuver around the surface of this planet, but they do have power. At this moment, they are the key to saving ourselves. I explain my plan and order everyone to their assigned task. The prince is told to go deep within the cave complex for safety. I must communicate with the approaching ship. Have them hold off on firing on us with the entire arsenal of their ship. We all know time is short.

"Hello. This is Captain Dimetrous. We are on a mission of peace. We were on our way to a planet to participate in peace negotiations between parties when an unfortunate accident caused us to shipwreck. Can you assist us?"

Assistance. I asked them for assistance. They know we tried to board their other ship, and they know that the other ship fired upon us with the intent to destroy. They may not bother to say anything in response, but they must be curious about the minister. They do want him dead, and they will want to get some answer out of me.

"This is Captain ThanagoriusTep of the starship Atagara. A peace mission? That is very noble. Everyone can appreciate peace. I wonder what was the source of conflict for these people that you were on your way to save?"

"The source of conflict?"

"Yes. There must have been something they wished to resolve that was intractable and resulted in conflict. Different sides were unsatisfied and then sought redress for the perceived injustice. Tell me, what was the problem?"

"They are seeking independence from foreign control. They want control over their planet's resources. They want their citizens to be treated with respect and given all the rights deserving of any sentient species. They wish for the suppression of their religion, culture, and language to cease. They want the imposed education system to be removed or modified to include things they consider of value to pass on to the following generations."

"These are all very important demands. All people deserve these forms of respect. Who is denying them? What powers came to deny them their natural rights? Please tell me so that I can understand."

"A new treaty has been negotiated that grants them these privileges. Their concerns are being addressed respectfully."

"Respectfully? It has been over a hundred years since your people arrived on our world. There has been time for a lot of disrespect and grievance. You thought you were superior and felt that your presence among us was a gift. We were doing just fine without you and making our own progress in the art of civilization. Perhaps it is now our turn. We have things to teach you."

"Listening and learning from each other is important. We are here to do this as we open a new chapter in the relationship and interactions between our cultures and civilizations."

"Where is the prince? You speak well enough but cannot be the minister of foreign affairs. You cannot be the one responsible for the negotiations or the treaty."

"He is well. The minister is doing fine."

"Where is the minister? We have an interest in the outcome of this meeting."

"I believe you do. Your ship is quite striking in design."

"Do you like it? I also appreciate its design and the power it provides. It will allow us to protect our homes and territories so that we never suffer under an imperial yoke again. Have your people ever been subjugated?"

"No. We have not."

"It is not a pleasant experience.

"This ship is not native to your world, is it? Where did it come from?"

"We have new friends. They are offering a different kind of relationship, and they are feeling generous. They understand the injustice and intend to help make things right."

"Friends are important. Justice is important."

"Where is the minister?"

"We intend to keep him safe. We intend to transport him to the peace conference."

"Neither of those options is within your capabilities. We can take the minister and send word to your people that you need rescue."

"That is not going to happen. We will escort and protect him."

Several of the crew come out with spears, bows, and arrows. They aim toward the ship in the sky. Laughter is heard over the communications link.

"This is preposterous. I can send a ground crew that can kill you all at a distance, or I can fire from this ship. You have no defense."

A few blasts from energy weapons are fired at the ship from the ground with negligible effect. The ship moves closer to the ground, and the forward energy cannon powers up, displaying an increasingly fierce and fiery red glow.

"You have exhausted my patience. Look deep into the fire that will consume you."

*****

Escape pods must be capable of shooting out of a larger ship that must be abandoned quickly. They generate a concentrated and massive amount of thrust that pushes them out and free from a larger vessel.

Captain Dimetrous presses a button on a remote, and two escape pods launch into the air. Like missiles, they collide with the large ship overhead and explode, opening a hole in what is hoped to be the ship's shuttle bay. The ship shudders in the air as power systems fluctuate and readjust to the shock of the impact.

"Quickly! Get into the other escape pods. We are going to board that ship," said Captain Dimetrous.

The crew followed orders and launched themselves towards the ship's interior through the breach. I follow them. The large vessel has started to move away. Higher into the sky. If they enter space, we will have a problem. We wear masks and visors that allow us to breathe, but they are not meant for space.

Our first goal is to get into the shuttle bay. Our shuttles ram into the interior and then move aside to make room for the others. Everyone is onboard. We must then leave the shuttle bay and enter the ship's interior. They may send soldiers inside to attack and try to get rid of us, or they may keep us locked out long enough to suffer the loss of atmosphere.

A door opens, and heavily armed and armored soldiers enter. We launch an explosive at them. This disables them and damages the doorway. It will not close. We now have a permanent hole leading to the interior.

We do not know the crew complement of a ship of this class. It is not large, so maybe thirty or forty. We are outnumbered, and our weapons are not charged enough for an engagement of several hours. The crew that comes at us here will be armored and well-protected, but if we can get inside quickly, we may find individuals who have not protected themselves yet. They will be handling ship operations and repairs. We will have to kill them with knives, spears, and arrows and save our energy weapons to use against armor.

More soldiers arrive at the gaping hole and start to fire their weapons. We are all pinned down, discharging our weapons back and forth. We need to cause more damage to the ship and affect more systems to keep everyone busy and distracted.

Two escape pods were used as kamikaze weapons and exploded on impact with the ship. We are now too far out of range to try that maneuver again from the ground-based pods. In the shuttle bay area, we have the pods we used for transport and boarding the ship. There are seven onboard. We could launch a pod outward

236

from the shuttle bay and reorient it to return to strike the ship, but it wouldn't be fast enough, and the pod would likely be shot and destroyed by the ship's weaponry. I remember the pods have towing cables. These are used to recover the pod and personnel after rescue crews arrive.

I tell my crew to provide cover for me and focus intense firepower at the doorway where the soldiers are trying to enter. Much of the ship's framework has been exposed by the collisions and explosions of the first two pods. I pull the towing cable out, wrap it around structural support beams several times, and secure it. I order my crew to fall back against a far wall, and then, with the remote, I activate the engines of the escape pod, orienting it to launch outside the ship through the hole.

A violent shaking of the ship sends all of us off the floor and into the air for several seconds. We land with thuds, shake it off, and reorient ourselves to return fire on the enemy. Some of the enemy soldiers were pulled out into the vast sky, having lost their footing, their grasp on handholds, and falling into the open to plummet to the ground. Those that remain focus their weapons on the tow cable, trying to break it so the pod is released. I use the remote to send the command to the pod to circle around the ship and try and force it to rotate, and if that does not work, then I hope it can cut into the ship structure like a wire on a piece of cheese.

The escape pod continues to pull, causing the entire ship to veer off course. The structural beams the pod is latched onto bend and then finally snap. The ship responds with another disorienting maneuver as it cannot compensate for the sudden changes to the forces applied to it. The soldiers are closer to the hole in the ship's hull and are thrown out.

We have removed at least eight soldiers from the game by now. More will come to the doorway soon. It is time for us to move further inside. The hallways are clear. Alarms sound, and emergency lights flare on and off. We move quickly.

The technicians and engineers are caught by surprise. They know they have to fight but are less skilled than the security forces. They search for weapons, their hands previously carrying tools, diagnostic devices, and scanners.

It is a shame to kill talented people, but they are not going to stand aside and allow us to take over their ship. Our spears fly and pierce their bodies. Our arrows stab into their flesh, and as we get closer, our knives rip their bodies so that their blood flows. It is a shame, but it is necessary. We have a mission to complete. We have an important diplomat to deliver to a peace negotiation. We meet their violence with our violence and force our will upon them.

The command bridge has been locked. We have split into two teams, and my people in the engineering section are working on gaining control of the engines and command systems. They tell me the ship is alien and almost incomprehensible. They are having to make educated guesses.

"See if you can cut the life support to the entire ship. Quickly!"

Our masks will protect us long enough for the crew to be disabled when life support ends. We must get into the command bridge and ensure this ship does not suddenly take a nosedive toward the planet.

The ship goes dark. Everything goes silent. And then, we start to float upward toward the ceiling as the ship plummets toward the planet. I told them to cut the life support, and they accomplished it, along with cutting the power to everything else. We can't do anything here. We are pressed against the ceiling, and the ship has started to spin as it dives. My crew in the engine room must be just as helpless.

I get to a corner and activate my magnetic boots. This will hold for a few seconds and give me some stability. I pull out my escape pod remote controller. This is going to be a mess. We have six pods remaining. They do not have powerful engines. At least not enough to support the weight of a real ship. I instruct them to ignite their engines and to orient themselves to push upward. They are being tossed about inside the shuttle bay, but they can orient themselves away from the source of gravity and find up. The instructions have been sent, and now all we can do is wait.

There is no noticeable change, not for what seems a long time. But something is happening. We are slowing. It's working.

There is a roar vibrating through the ship. Six small engines resonate as one.

I reach the floor, pull out my scanner, and take readings. We are half a kilometer from the ground. That is close. I have to set the ship down before the pods give out. We need to get closer to the ground before we are dropped. They had little power left when we started this attack and must be close to empty. I pull out the remote and instruct them to descend slowly. They are holding the weight of the ship up. It worked.

They run out of fuel simultaneously. We are slammed against the roof, and then we are slammed against the floor or a wall. The ship has hit the ground.

The air is filled with dust and smoke. The power has not been restored, and the fire suppression systems are not active.

"Everyone, get out. Leave. Get outside."

I feel exhausted. Disoriented. Drained. I am outside, and I have fallen to my hands and knees. I can't think clearly. Is this shipwreck number four?

Capítulo 29: Nave Nueva

A pesar de los graves daños causados por la colisión, la nave apenas está apta para el espacio. Tenemos unas horas antes de que el asteroide choque con el planeta para realizar reparaciones y salir al espacio. Esta es otra oportunidad para salvarnos.

La mayor parte de la tripulación de esta nave murió en las caídas y sacudidas del impacto. La puerta sellada del puente de mando fue distorsionada, junto con muchas otras paredes metálicas y estructuras del la nave. Pudimos entrar y encontrar al capitán inconsciente y sangrando. Algunos otros miembros de la tripulación de esta nave lograron usar sus cápsulas de escape. No creo que se haya dado la orden. No escuché ni vi nada que dijera abandonar la nave. Simplemente decidieron irse. Se las arreglaron para llevar sus cápsulas al espacio y están flotando allí de manera estacionaria, transmitiendo sus mensajes y ubicaciones de señales de socorro. Cuando

lleguemos al espacio, debemos recogerlos y
encarcelarlos.

Sus señales llamarán la atención.
Vendrán naves, y pueden ser amigables y
serviciales, o aliados de las personas que
acabamos de derribar en el planeta. Necesitamos
salir del planeta. Con sus balizas pidiendo
atención a gritos, creo que es hora de encender
nuestra baliza y transmitir nuestra necesidad de
ayuda; ya no sirve de nada permanecer callados
y escondidos

Hay muy pocas piezas que rescatar de
nuestros naves hundidos anteriormente.
Cargaremos algunos suministros de alimentos y
equipos en el Atagara, haremos reparaciones si
es posible y luego despegaremos tan pronto
como podamos.

Chapter 29: New Ship

The ship is still barely space-worthy despite the heavy damage caused by the collision. We have a few hours before the asteroid collides with the planet to make repairs and get into space. This is another opportunity to save ourselves.

Most of this ship's crew died in the tumbling and jolts of the crash impact. The sealed door into the command bridge was distorted, along with many other metal walls and ship structures. We were able to get inside and find the captain unconscious and bleeding. A few others of this ship's crew did manage to use their escape pods. I don't think the order was given. I didn't hear or see anything saying to abandon the vessel. They just decided to leave. They managed to get their pods into space and are floating out there stationary, transmitting their distress signal messages and locations. When we get into space, we must pick them up and imprison them.

Their signals will attract attention. Ships will come, and they may be friendly and helpful, or allies to the people we just knocked down onto the planet. We need to get off the planet. With their beacons screaming for attention, I think it is time to turn on our beacon and transmit our need for assistance— there is no use in staying quiet and hidden anymore.

There are very few parts to scavenge from our previously wrecked ships. We are going to load some food supplies and equipment onto the Atagara, make repairs if possible, and then lift off as soon as we can.

Capítulo 30: Planeta Golpeado

Estamos en el espacio y alejándonos del planeta. Estamos más allá de la órbita de la luna. Todavía estamos trabajando para poner en funcionamiento los sistemas que nos permitirán entrar en un agujero de gusano. Puede que sea una buena idea o no, ya que las fuerzas y tensiones de un viaje de este tipo pueden destrozar este nave averiado. Con suerte, tendremos un lugar nuevo donde aterrizar.

Lo hablé con el capitán humano, Galileo, y ambos estuvimos de acuerdo en que parece una vergüenza o un crimen permitir que este asteroide golpee el planeta y extinga la vida en él. La nave no está en excelentes condiciones, pero nos encontraremos con el asteroide y luego usaremos armas para destruirlo.

Llegamos allí en unos minutos y es literalmente como ver una roca tan grande como una montaña en el espacio cayendo hacia adelante. Los ingenieros me dicen que los sistemas de armas están operativos y pueden usarse varias veces. Necesitamos sacar al asteroide de su trayectoria actual. Si lo hacemos pedazos, los pedazos seguirán cayendo a la tierra y no tendremos tiempo para reduciérlo todo al tamaño de polvo. Los ingenieros me dicen que hay rayos tractores y repulsores disponibles: mi elección es si quiero empujar o tirar el asteroide.

Se hacen cálculos, se aplican fuerzas y me dicen que ahora pasará de forma segura y silenciosa a través de la región entre el planeta y la luna. Este mundo se libra de esta calamidad. La era de los dinosaurios continuará.

El capitán humano me dice que este mundo se llama Tierra. Hay otros en el multiverso con las mismas propiedades físicas y también deberían ser reconocidos como un planeta Tierra. Ha dicho que el tiempo establecido para este mundo es de unos sesenta y cinco millones de años en el pasado en relación con su período de tiempo. En su estudio científico de su mundo natal, llegaron a la conclusión de que un asteroide, como aquel cuyo camino acabamos de desviar, chocó contra su Tierra. Puso fin a la era de los dinosaurios y permitió que los pequeños mamíferos prosperaran cuando las condiciones los permitieron y la vida evolucionó. Los mamíferos evolucionaron en largos linajes de formas de vida, y uno de ellos condujo a su especie. Podría no haber sucedido si no fuera por el impacto del asteroide.

El biólogo Andrews sospechaba lo mismo con respecto a este planeta. Es un mundo multiverso. El Capitán Galileo lo llamó una versión multiverso de nivel uno de un mundo terrestre. Me ha mostrado imágenes de su mundo y de aquel en el que estábamos varados. Para mi total asombro, tiene los mismos continentes que el mundo al que llamo hogar. Las masas terrestres y los océanos, la luna y todo el sistema solar son idénticos.

Los mamíferos no son dominantes en mi mundo. Es el linaje reptiliano el que evolucionó hacia la inteligencia y produjo cultura y civilización. No tenemos ningún registro geológico de un asteroide que impacto nuestro planeta y provoque una extinción masiva. Los dinosaurios y otros reptiles continuaron dominando nuestra Tierra y eventualmente evolucionaron hasta formar el linaje que dio como resultado mi pueblo.

Esto puede ser lo que sucederá en este mundo dentro de varios millones de años. Una especie como la mía, si no exactamente igual, evolucionará en este mundo. Muchas cosas pueden suceder en el transcurso de la evolución de un mundo, pero me parece en este momento que con nuestras acciones lo hemos hecho posible. Se ha evitado una extinción y hemos creado un camino alternativo en un momento crítico en el desarrollo de la vida en este mundo. Una especie como la mía dominará.

Después de alterar el destino del asteroide, pasamos por el planeta al salir del sistema. Utilizando escáneres de largo alcance, observamos la vida en este mundo por última vez antes de partir. Mientras estábamos en la superficie, registramos muchas imágenes de las formas de vida en la Tierra. Tenemos un retrato de un Tyrannosaurus Rex, entre muchos otros animales y plantas. Cuando nos vamos, un pequeño fragmento perdido del asteroide se convierte en una bola de fuego al entrar en la atmósfera de la Tierra primitiva. Se desintegra en el cielo y nunca llega al suelo.

Chapter 30: Planet Struck

We are in space and moving away from the planet. We are beyond the moon's orbit. We are still working on getting the systems that will allow us to enter a wormhole into operation. That may or may not be a good idea, as the stresses of such a journey may tear this damaged ship apart. Hopefully, we will have somewhere new to crash land.

I discussed it with the human captain, Galileo, and we both agreed that it seems a shame or a crime to allow this asteroid to hit the planet and extinguish life on it. The ship is not in excellent condition, but we will rendezvous with the asteroid and then use weapons to destroy it.

We are there in a few minutes, and it is literally like seeing a rock as large as a mountain in space tumbling forward. The engineers tell me that weapons systems are operational and can be used several times. We need to nudge the asteroid off of its current trajectory. If we blast it into pieces, the pieces will still fall on earth, and we do not have time to spend reducing everything to the size of dust. The engineers tell me that tractor and repulsor beams are available—my choice as to whether I want to push or pull the asteroid.

Calculations are made, forces are applied, and I am told that it will now pass safely and silently through the region between the planet and the moon. This world is spared this calamity. The age of the dinosaur will continue.

The human captain tells me that this world is called Earth. There are others in the multiverse with the same physical properties and should also be recognized as an Earth planet. He has said that the time setting for this world is about sixty-five million years in the past relative to their time period. In their scientific study of their home world, they have concluded that an asteroid, such as the one whose path we just diverted, struck their Earth. It ended the age of the dinosaurs and allowed small mammals to flourish when conditions permitted, and life evolved. Mammals evolved into long lineages of lifeforms, and one led to his species. It might not have happened if not for that asteroid impact.

Biologist Andrews suspected as much regarding this planet. It is a multiverse world. Captain Galileo called it a level one multiverse version of an Earth world. He has shown me images of his world and the one where we were stranded. To my complete astonishment, it has the same continents as the world I call home. The landmasses and oceans, the moon, and the entire solar system are identical.

Mammals are not dominant in my world. It is the reptilian lineage that evolved toward intelligence and produced culture and civilization. We have no geological record of an asteroid impacting our planet and resulting in mass extinction. Dinosaurs and other reptiles continued to dominate our earth and eventually evolved into the lineage that resulted in my people.

This may be what will happen in this world in several million years. A species like my own, if not exactly like my own, will evolve in this world. Many things can happen in the course of the evolution of a world, but it seems to me at this moment that with our actions, we have made this possible. An extinction has been averted, and we have created an alternate path at a critical juncture in the development of life in this world. A species like my own will dominate.

After altering the asteroid's fate, we pass by the planet on our way out of the system. Using long-range scanners, we observe the life on this world one final time before leaving. While we were on the surface, we recorded many images of the lifeforms on Earth. We have a portrait of a Tyrannosaurus Rex, among many other animals and plants. As we leave, a tiny stray fragment of the asteroid flares into a fireball as it enters the atmosphere of primitive Earth. It disintegrates in the sky and never reaches the ground.

Capítulo 31: Tránsito

Llevamos varias horas alejándonos del planeta a una velocidad abismalmente lenta. Es todo lo que la nave puede hacer hasta que los ingenieros puedan volver a operacion los motores que nos permitirán viajar a través de un agujero de gusano.

Hemos revisado los datos de los sensores sobre los dispositivos que se colocaron como trampas dentro del agujero de gusano. Se ha comenzado a trabajar en la creación de métodos de detección que nos avisarán de la presencia de más de estos dispositivos. En su estado actual, esta nave no puede soportar ser expulsada de un agujero de gusano. Ya será bastante difícil simplemente viajar dentro de uno para llegar a nuestro destino.

Los sensores de largo alcance no detectan ningúna nave. No pudimos recoger las cápsulas de escape de los enemigos que flotaban en el espacio. Sus balizas fueron desactivadas mediante señales de comando que transmitimos para apagarlas. Las personas que están dentro de ellos sobrevivirán en sus diminutos recipientes durante una semana o dos y morirán lentamente por asfixia. Nos hemos alejado de ellos. Abandonándolos a su suerte. El daño a la bahía del transbordador fue suficiente para evitar que nada entrara o saliera, por lo que incluso si quisiéramos salvarlos, no podríamos llevar sus cápsulas dentro de la nave. Tenemos un transbordador allí que está en excelentes condiciones.

Tengo momentos muy breves en los que creo que deberíamos haberlos ejecutado haciéndolos añicos. Más bien, esto les dará tiempo para pensar en el significado de la vida y el propósito de su existencia. También existe la posibilidad de que sean rescatados, y luego informarán a sus superiores sobre todo lo que pasó aquí. No podemos regresar. Quizás más tarde, después de que dejemos al Príncipe y consigamos una buena nave. Quizás todavía los encontremos con vida y entonces podremos interrogarlos.

El príncipe se encuentra bien y de buen humor. Todavía hay tiempo para que llegue a la conferencia a la hora prevista. Todo va bien ahora. Estamos en camino.

— Capitán, los sensores detectan tres naves que llegan al otro lado de este sistema solar. Tienen el mismo diseño y configuración que esta nave—, dijo el primer oficial Ostdercroix.

— La misma clase y tipo de nave menos los grandes daños. Sala de maquinas. ¿Cuánto tiempo pasará hasta que podamos abrir un agujero de gusano y seguir adelante?

— Podemos hacerlo ahora. Estaba a punto de darles el informe—, dijo el ingeniero jefe Hyskotian.

—Muy bien. Por favor proceda y hágalo con prisa. Tenemos recién llegados al sistema y es posible que quieran interferir en nuestro viaje.

—Comprendido.

— Nos han detectado y han puesto rumbo para interceptar. Llegada estimada en cinco minutos—, dijo el primer oficial Ostdercroix.

— ¿Cuánto falta para que estén al alcance de las armas? — preguntó el Capitán Dimetrous.

—Tres minutos.

— ¿Tenemos armas?

—Sí.

—Bien. Enciéndelos y fija el objetivo. Con suerte, no tendremos que usarlos y tendremos tiempo suficiente para alejarnos. ¿Sala de maquinas? ¿Cuanto tiempo más?

—Un minuto. Los proyectores de energía que nos darán acceso y mantendrán abierto el agujero de gusano todavía están funcionando a los niveles requeridos. Este nave tiene una redundancia de proyectores de energía disponibles.

—Phillips, llévanos a un punto de entrada.

— Señor, están transmitiendo, ordenándonos mantener nuestra posición.

—Ingnóralos. Cierra el canal. No tenemos nada que decir. Deben pensar que somos parte de su flota.

—Una de las tres naves ha reducido la velocidad para recoger las cápsulas de escape.

— Pronto sabrán quiénes somos y qué ha ocurrido aquí. ¿Sala de maquinas? ¿Cuanto tiempo más?

—Los proyectores están en línea y la descarga de energía nos dará acceso al pasaje del agujero de gusano en los próximos segundos.

—Llévanos allí.

Varias plataformas extendidas en la parte delantera del la nave liberan muchos arcos de energía tan rápido como un rayo. La energía está enfocada y concentrada en un solo punto. La apertura inhala el espacio local y empuja la nave hacia adentro.

—Estamos en camino—, dijo Ostdercroix.

Las plataformas a lo largo de toda la superficie de la nave brillan a un ritmo regular, pulsando de adelante hacia atrás mientras dirigen y mueven la nave dentro del corredor formado por el agujero de gusano. La energía se irradia suavemente, produciendo pequeñas

*presiones para ajustar el movimiento del la
nave, manteniéndolo correctamente orientado,
mirando hacia adelante y en el centro de la
corriente, lejos de las paredes.*

— ¿Hay algúnas naves persiguiéndonos?

—No. Aún no.

— Vendrán por nosotros muy pronto.
Alejémonos lo más que podamos.

— Capitán, las redundancias en las
plataformas de proyectores están para usarse
como reemplazo cuando falla una u otra
plataforma. No son para usarse todos a la vez,
pero podemos lograr una mayor velocidad si
usamos más.

— Usa más de ellos. Necesitamos
movernos. Este nave no puede soportar una
batalla total. Dime. ¿Tenemos los sensores
calibrados para detectar minas o trampas dentro
de agujeros de gusano?

—No. Existe la posibilidad de que
encontremos más minas y seamos expulsados del
pasadizo una vez más—. dijo Ostdercroix

—Haga que esos sensores funcionen.

—Sí, señor.

A pesar de los daños, la nave funciona sin problemas. Dentro del agujero de gusano, parece un río pacífico y de flujo suave: una corriente que nos lleva sin perturbaciones, un fluido que avanza a velocidades increíbles pero que tiene un silencio grandioso y venerable. Las paredes del pasaje son onduladas, respondiendo a nuestra presencia y transición.

— Capitán, dos naves están con nosotros en el agujero de gusano. Se acercan rápido y nos alcanzarán. Estarán al alcance de las armas en 30 segundos. Son más grandes que las otras naves que acabamos de ver cerca de la Tierra—, dijo el navegante Phillips.

— Debió haber más en los alrededores, y fueron enviados tras nosotros. Las armas de energía no deberían funcionar en el agujero de gusano, así que comencemos lanzando torpedos y arrojando algunas minas. Nuestro alcance de armas debería ser un poco más largo que el de ellos, ya que estamos disparando hacia la retaguardia para atacarlos.

Cinco minas salen de la parte trasera de la nave y luego se disponen en el espacio formando un pentágono vertical. La nave que los persigue choca con las minas, que explotan al entrar en contacto con diferentes secciones del la nave entrante. El daño es extenso pero insuficiente para frenar la enorme nave.

— Capitán, las naves que nos persiguen han aumentado su velocidad en un treinta por ciento. Si no nos eliminan con armas, ellos pueden embestirnos. No podemos perderlos.

— Suelta todas las minas y dispara todos los torpedos. Haz que los torpedos apunten a ambos barcos. Continua maniobras evasivas. ¡Sala de maquinas responde!

—Sí, capitán.

—Te estoy enviando algo que quiero que pruebes.

El capitán presiona varios controles en la consola de su silla de mando, extrayendo imágenes, esquemas, fórmulas y algoritmos, y los envía a las consolas de visualización de la sala de maquinas.

— He estado pensando en esto por un tiempo. Ha estado en mis notas. Implementalo ahora si puedes. No sé si es posible—, dijo el Capitán Dimetrous.

—Nos ralentizará.

— También los ralentizará a ellos. Hazlo ahora.

La nave continúa corriendo pero disminuye la velocidad a medida que la energía se desvía a esta nueva tarea. Se altera el patrón de energía de varias de las plataformas de proyección de la nave. Su ritmo tranquilo pone fin a su simple y pacífica cascada de adelante hacia atrás, que impulsa el barco hacia adelante de manera controlada. Muchos de ellos estallan con largas ráfagas de energía blanca incandescente contra las paredes dentro de el agujero de gusano. Estas explosiones de energía empujan y apuñalan la piel del pasillo en varios grados y la perforan. Nuevos pasajes comienzan a formarse a partir de la presión del torrente del gran caudal del río y salen por las nuevas aberturas para liberarse al espacio normal.

En otros lugares, el arco de energía
mantiene una solidez poderosa y duradera
momentáneamente que corta franjas en los lados
del pasaje del agujero de gusano. A su paso se
producen violentas turbulencias que sacuden las
naves perseguidores y los hacen pedazos.

— Ya no nos persiguen. Han resultado lo suficientemente dañados como para no poder mantener su presencia dentro del agujero de gusano—, dijo el primer oficial.

—Por el asiento de nuestros pantalones.

—¿Señor?

—Intuición, juicio personal, suerte.

—Sí, señor.

— No podemos seguir así. Haz que nos movamos de nuevo a toda velocidad. Nunca una misión se había vuelto tan complicada. Es posible que tengamos un poco de tiempo para comer, dormir y limpiar. Tomémonos turnos y hagamos eso. Esté atento a más naves. Sala de maquinas. Buen trabajo. A todos, bien hecho. Vivimos para luchar otro día.

Chapter 31: Transit

We have been moving away from the planet for several hours at an abysmally slow velocity. It is all the ship can manage until the engineers can reengage the engines that will allow us to travel through a wormhole.

We have reviewed sensor data regarding the devices that were set as traps inside the wormhole. Work has begun on setting up detection methods that will warn us of the presence of more of these devices. In its current condition, this ship cannot endure being blasted out of a wormhole. It will be difficult enough simply to travel within one to reach our destination.

Long-range sensors do not detect any ships. We were not able to pick up the enemies' escape pods that were floating in space. Their beacons were disabled through command signals that we transmitted to turn them off. The people inside them will survive in their tiny vessels for a week or two and slowly die of suffocation. We have moved away from them. Abandoning them to their fate. The damage to the shuttle bay was enough to prevent anything from coming in or going out, so even if we wanted to save them, we could not bring their pods inside the ship. We do have a shuttle in there that is in excellent condition.

I have very brief moments when I think we should have executed them by blasting them into smithereens. Instead, this will give them time to think about the meaning of life and the purpose of their existence. There is also a possibility that they may be rescued, and then they will inform their superiors regarding everything that went on here. We can't go back. Maybe later, after we drop off the Prince and get a good ship. We may still find them alive, and then they can be questioned.

The prince is doing well and is in a good mood. There is still time to get him to the conference at the expected time. Everything is going well now. We are on our way.

"Captain, sensors detect three ships arriving at the other side of this solar system.

They are of the same design and configuration as this ship," said First Officer Ostdercroix.

"The same class and type of ship minus the extensive damage. Engineering. How long until we can open a wormhole and move on?"

"We can do so now. I was about to give you the report," said Chief Engineer Hyskotian.

"Very good. Please proceed and do so with haste. We have new arrivals in the system, and they may want to interfere in our journey."

"Understood."

"They have detected us and have set course to intercept. Estimated arrival in five minutes," said First Officer Ostdercroix.

"How long until they are in weapons range?" asked Captain Dimetrous.

"Three minutes."

"Do we have weapons?"

"Yes."

"Good. Power them up and lock on target. Hopefully, we won't have to use them and have enough time to move away. Engineering? How much longer?"

"One minute. The energy projectors that will give us access and maintain the wormhole open are still powering up to the required levels. This ship has a redundancy of energy projectors available."

"Phillips, get us to an entry point."

"Sir, they are transmitting, ordering us to maintain our position."

"Ignore them. Close the channel. We have nothing to say. They must think we are part of their fleet."

"One of the three ships has slowed to pick up the escape pods."

"They will soon know who we are and what has occurred here. Engineering? How much longer?"

"Projectors are online, and the energy discharge will give us access to the wormhole passage in the next few seconds."

"Get us in there."

Several extended platforms at the front of the ship release many arcs of energy as quickly as a lightning bolt. The energy is focused and concentrated on a single spot. The opening inhales local space and pulls the ship inside.

"We are on our way," said Ostdercroix.

Platforms along the entire ship's surface glow at a regular rhythm, pulsing from front to back as they steer and move the vessel inside the corridor formed by the wormhole. The energy radiates gently, producing small pressures to adjust the ship's movement, keeping it correctly oriented, facing forward, and in the center of the stream away from the walls.

"Are any ships in pursuit?"

"No. Not yet."

"They will come for us very soon. Let's get as far away as we can."

"Captain, the redundancies in projector platforms are meant to be used as replacements when one or another platform fails. They are not meant to be used all at once, but we can achieve greater speed if we use more of them."

"Use more of them. We need to move. This ship cannot possibly endure an all-out battle. Tell me. Do we have the sensors calibrated to detect any wormhole mines or traps?"

"No. There is a chance that we may encounter more mines and be blasted out of the passageway once more." Said Ostdercroix

"Get those sensors operational."

"Yes, sir."

Despite the damage, the ship is running smoothly. Inside the wormhole, it seems like a peaceful and smooth-flowing river—a current that takes us along with no perturbations, a fluid that rushes forward at incredible speeds yet has a grand and venerable silence. The walls of the passage are undulating, responding to our presence and transition.

"Captain, two ships are in the wormhole with us. They are approaching fast and will overtake us. They will be in weapons range within 30 seconds. They are larger than the other ships we just saw near Earth," said Navigator Phillips.

"There must have been more in the vicinity, and they were sent after us. Energy weapons should not function in the wormhole, so let's start by launching torpedoes and dropping some mines. Our weapons range should be slightly longer than theirs since we are firing toward the rear to strike them."

Five mines stream out of the ship's rear and then arrange themselves in space into a vertical pentagon. The pursuing ship collides with the mines, which explode on contact with different sections of the incoming vessel. The damage is extensive but insufficient to slow the massive ship.

"Captain, the pursuing ships have increased their speed by thirty percent. If they do not take us out using weapons, they can ram us instead. We can't lose them."

"Drop all mines and fire all torpedoes. Have the torpedoes target both ships. Continue evasive maneuvers. Engineering respond!"

"Yes, Captain."

"I am sending you something I want you to try."

The captain presses several controls on his command chair console, pulling in images, schematics, formulas, and algorithms, and sends them to the engineering display consoles.

"I've been thinking about this for a little while. It has been in my notes. Implement it now if you can. I don't know if it is possible," said Captain Dimetrous.

"It will slow us down."

"It will also slow them down. Do it now."

The ship continues to race but slows as power is diverted to this new task. The pattern of energy from several of the ship's projector platforms alters. Their calm rhythm ends its simple and peaceful cascade from front to back, which propels the ship forward in a controlled fashion. Many of them erupt with long blasts of white incandescent energy into the wormholes surrounding walls. These energy blasts push and stab into the passageway's skin to several degrees and pierce it. New passages start to form from the pressure of the torrent of the great river flow and exit through the new openings to be released into normal space.

In other places, the arc of energy maintains a momentarily enduring and powerful solidity that cuts swaths into the sides of the wormhole passage. Violent turbulence results in their wake that shake the pursuing ships, tearing them into pieces.

"They are no longer in pursuit. They have been damaged enough to not be able to maintain their presence within the wormhole," said the First Officer.

"By the seat of our pants."

"Sir?"

"Intuition, personal judgment, luck."

"Yes, sir."

"We can't keep this up. Get us moving again at full speed. I have never had a mission become this complicated. We may have a little time to eat, sleep, and clean up. Let's take turns and do that. Keep an eye out for any more ships. Engineering. Good job. Everyone, good job. We live to fight another day."

Capítulo 32: Escape

El viaje ha sido fluido y sin interrupciones durante varias horas. Todavía nos quedan muchos días de viaje por delante. Los motores están en buenas condiciones, los motores de la plataforma de agujero de gusano en el casco del la nave están en pleno funcionamiento y no hemos visto ningúna otra nave desde la batalla.

Ya es hora de que me tome un descanso. Mi primer oficial tomará el puente. Siento que estoy demasiado cansado para comer y dormir. Hay demasiado en qué pensar y estresarse. Ya no soy un joven capitán. Tengo mucha experiencia, lo cual ayuda, pero no tengo la energía de la juventud. Es posible que una versión más joven de mí no hubiera sobrevivido a esta experiencia. Todos estaríamos muertos.

Hay vastas regiones vacías de espacio en esta ruta que están desprotegidas y abiertas a piratas, bandidos, organizaciones criminales, rebeldes y mucho más. Nuestras bases estelares son pocas y lejanas en esta dirección. Hemos militarizado fuertemente otras regiones y están completamente bajo nuestro control. Allí imponemos nuestra forma de ley y orden y utilizamos nuestro poder imperial para castigar severamente a criminales y desviados.

Nuestra expansión en esta dirección ha sido más lenta. No es que hayamos encontrado mucha resistencia sino que hay menos de lo que deseamos poseer. Las estrellas están más separadas y los planetas habitables son inexistentes. Hay menos recursos que explotar y personas que participar en la industrialización y el comercio.

Nuestro planeta de destino tiene poco más interés para nosotros en este momento. Buscamos un acuerdo de paz porque gestionarlo directamente es más difícil que darle independencia y permitirle gobernarse a sí mismo en algún acuerdo mutuamente beneficioso.

El control que ejerzamos estará limitado por la elección. No será exactamente un gobierno títere, ya que eso también parece demasiado esfuerzo desde nuestra gran distancia con sólo una pequeña recompensa. En algún momento, iremos más allá de esta frontera actual y exploraremos y explotaremos lo que parecen recursos vastos e increíbles más allá. Este planeta y esta civilización eventualmente se convertirán en un punto de parada y fortaleza a lo largo de la ruta. Los prepararemos para ello a largo plazo.

Tenemos una base estelar a tres horas de aquí. Esa será nuestra parada de descanso para reparaciones y suministros. Estarán muy interesados en aprender sobre la rebelión en desarrollo e inspeccionar este barco capturado

He invitado al capitán del la nave humana a cenar. Necesito entender sus planes y cómo podríamos seguir ayudándonos unos a otros. Estoy agradecido por la ayuda que su tripulación me ha brindado a mí y a nuestra supervivencia mutua. También me interesa aprender sobre su civilización, su expansión y capacidades tecnológicas. ¿Pueden ser nuestros socios y aliados, o se convertirán en amenazas y oponentes? Hemos cooperado, pero también debemos medirnos unos a otros, ya que nuestros intereses pueden coincidir o divergir en muchas áreas.

Hablaron del multiverso. ¿Lo han estado explorando? ¿Están sus embarcaciones interstelar construidas con la capacidad de llegar a lugares fuera de nuestro alcance? Para mi pueblo es sólo un pensamiento, una teoría que hasta ahora no tiene realidad. Al menos hasta que nos topamos con este mundo en el que naufragamos. Un multiverso no tiene sentido si no podemos alcanzarlo.

Es hora de conocer al Capitán Galileo.

Chapter 32: Escape

Travel has been smooth and uninterrupted for several hours. We still have many days of travel ahead of us. The engines are in good condition, the wormhole platform engines on the ship's hull are fully operational, and we have seen no other ship since the battle.

It is about time for me to take a break. My first officer will take the bridge. I feel like I am too tired to eat and sleep. There is too much to think about and stress about. I am not a young captain anymore. I have a lot of experience, which helps, but I don't have the energy of youth. A younger version of me might not have survived this experience. We would all be dead.

There are vast empty regions of space on this route that are unprotected and open to pirates, bandits, criminal organizations, rebels, and so much more. Our starbases are far and few in this direction. We have militarized other regions heavily, and they are entirely under our control. There, we impose our form of law and order and use our imperial might to punish criminals and deviants severely.

Our expansion in this direction has been slower. It is not that we have met much resistance but that there is less of what we desire to possess. The stars are further apart, and habitable planets are non-existent. There are fewer resources to exploit and people to engage in industrialization and commerce.

Our destination planet is of little further interest to us at this moment. We seek a peace accord because managing it directly is more difficult than giving it independence and allowing it to govern itself in some mutually beneficial arrangement.

The control we exert will be limited by choice. It will not exactly be a puppet government, as that also seems too much effort from our great distance with only a small reward. At some time, we will go beyond this current border and explore and mine what looks like vast and incredible resources further out. This planet and civilization will eventually become a stopping point and fortress along the route. We will prepare them for that in the long term.

We have a star base three hours from here. That will be our rest stop for repairs and supplies. They will be very interested in learning about the developing rebellion and inspecting this captured ship.

I have invited the captain of the human ship to come for dinner. I need to understand his plans and how we might continue to help each other. I am grateful for the assistance his crew has provided to my own and our mutual survival. I am also interested in learning about their civilization, its expansion, and technological abilities. Can they be our partners and allies, or will they become threats and opponents? We have cooperated, but we also need to measure each other as our interests may coincide or diverge in many areas.

They spoke of the multiverse. Have they been exploring it? Are their vessels built with the capability to reach places beyond our reach? It is only a thought, a theory, for my people that has no reality to it so far. At least until we came across this one world where we shipwrecked. A multiverse is meaningless if we cannot reach it.

It's time to get to know Captain Galileo.

Capítulo 33: Capitán Galileo

El Capitán Dimetrous ha sido muy amable en muchos aspectos. Acabamos de abandonar un mundo designado por nuestra civilización como un mundo tipo Tierra: una Tierra situada en un período anterior, hace aproximadamente sesenta y cinco millones de años, llamado Cretácico.

Nuestra parada allí no fue intencionada, ya que no teníamos ningún plan para salir del agujero de gusano. Supimos que se había colocado un artefacto explosivo a modo de trampa para que estallara cada vez que detectara una nave transitando por ese tramo. Me enteré de que el objetivo previsto era una nave tripulada por humanoides reptiles. Son de un planeta Tierra que siguió un camino diferente en la evolución de sus formas de vida. En ese mundo, el asteroide que puso fin a la era de los dinosaurios nunca golpeó, por lo que los mamíferos no pudieron convertirse en una forma de vida dominante y desarrollar inteligencia y civilización. Los mamíferos no podían competir con los animales más grandes de esa época, por lo que seguían siendo pequeñas presas.

Nunca había considerado que habría más Tierras en el multiverso que podrían haber seguido caminos diferentes debido a diferentes circunstancias y eventos en la línea de tiempo. En la historia de nuestro mundo, muchos grandes eventos de extinción podrían haber favorecido a una especie o reino de vida sobre otro. Me he acostumbrado a buscar en el multiverso de Nivel Uno planetas Tierra habitados por humanos, donde existan civilizaciones comparables a la nuestra.

El mundo que acabamos de abandonar iba a ser golpeado por un asteroide, pero acabamos de evitarlo destruyéndolo. Si este fue el evento crítico que permitió a los mamíferos diversificarse y florecer hasta convertirse en las especies dominantes del mundo, entonces simplemente hemos impedido que eso suceda. Es posible que hayamos dado ventaja a los reptiles y la vida evolucionará como lo hizo en la Tierra de donde proviene el Capitán Dimetrous. Todavía faltan sesenta y cinco millones de años para un futuro posible. Puede haber otros eventos críticos necesarios que no sucedan u otros eventos que nuevamente cambien la dirección de la evolución de la vida en ese mundo.

Llevamos casi tres décadas explorando el multiverso. Siempre hemos tenido como misión buscar únicamente civilizaciones humanas de un nivel tecnológico particular para unirse a nuestra civilización. Es nuestro esfuerzo asegurar la supervivencia de la forma de vida humana en el universo. Los incorporamos a nuestra misión mayor, les proporcionamos tecnologías para florecer y los animamos a asumir nuestra misión como propia. Estos mundos actúan como semillas en el cosmos para ampliar el alcance de la humanidad. Un evento de extinción en un lugar no nos borrará de la existencia para siempre. Encontramos islas de la humanidad en el gran océano que es el universo y las convertimos en continentes.

Le comunicaré al gobierno central nuestro contacto con la vida de una civilización terrestre que no es humana ni mamífera, sino humanoide, inteligente y capaz de realizar vuelos espaciales. Dudo que consideren invitar a esta especie a unirse a nuestra civilización.

El Capitán Dimetrous ha invitado a mi tripulación a cenar. Mi nave comenzó con una tripulación de cuarenta. Nos hemos reducido a ocho. La explosión y el naufragio mataron a muchas personas, y la supervivencia en un mundo de grandes depredadores mató a más. En comparación con los humanoides reptilianos, nosotros mamíferos humanos somos físicamente frágiles. Ellos tienen una piel más gruesa y blindada. Son endotérmicos pero requieren un ambiente más cálido que el nuestro; de lo contrario, se vuelven ligeramente lentos. Prefieren una temperatura más alta, pero para acomodar a ambas especies, la temperatura en la nave se ajustó en algún punto entre los requisitos de comodidad de nuestras diferentes especies. Para lograr su preferencia, han reutilizado equipos para usar en sus brazos o torsos que generan calor adicional para sus cuerpos.

En la cena, estoy seguro de que el capitán preguntará sobre nuestro propósito al estar en esta parte del cosmos, nuestro planeta, nuestra tecnología y nuestro ejército y si estamos en una misión de conquista.

Me preocupa que, si bien el capitán es amigable y nos considera aliados debido a nuestra experiencia compartida, su gobierno nos trate de manera diferente. Todavía no espero convertirme en rehén, pero nos dirigimos hacia una de sus bases estelares y, sin duda, personas con niveles superiores de autoridad nos harán más preguntas.

La gente en nuestro planeta de origen tiene información sobre nuestro destino original y ruta de vuelo. Nuestro gobierno nos estará buscando y casi con seguridad enviará muchas naves. No aceptarán ningún retraso en nuestro regreso. A medida que crezca el tiempo entre su conciencia de que nos hemos perdido y nuestro rescate, pondrán más recursos en el esfuerzo. Comenzarán con veloces naves de exploración y luego pasarán a acorazados y cruceros de batalla. Hemos estado desaparecidos durante tanto tiempo que la escalada debe estar en marcha.

Chapter 33: Captain Galileo

Captain Dimetrous has been most gracious in many respects. We have just left a world designated as an Earth-type world by our civilization—an Earth set at an earlier period of approximately sixty-five million years in the past called the Cretaceous.

Our stopping there was unintentional, as we had no plan to exit the wormhole. We have learned that an explosive device had been set as a trap to go off whenever it detected a ship making a transit through that section. I have learned that the intended target was a ship crewed by reptilian humanoids. They are from a planet Earth that followed a different path in the evolution of its life forms. In that world, the asteroid that ended the age of the dinosaurs never struck, so mammals were unable to become a dominant life form and evolve intelligence and civilization. Mammals could not compete with the larger animals of that time, so they remained small prey creatures.

I had never considered that there would be more earths out there in the multiverse that may have followed different paths due to different circumstances and events in the timeline. In our world's history, many large extinction events could have favored one species or kingdom of life over another. I have become accustomed to searching the Level One multiverse for planet Earths inhabited by humans, where civilizations comparable to ours exist.

The world we just left was going to be struck by an asteroid, but we have just prevented that by destroying it. If this was the critical event that allowed mammals to diversify and flourish into the world's dominant species, then we have just prevented that from happening. We may have just given the advantage to the reptiles, and life will evolve as it did on the Earth from which hails Captain Dimetrous. It is still sixty-five million years in a possible future. There may be other necessary critical events that may fail to happen or other events that again change the direction of the evolution of life in that world.

We have been exploring the multiverse for almost three decades. We have always made it our mission to only look for human civilizations of a particular technological level to join our civilization. It is our effort to ensure the survival of the human form of life in the universe. We incorporate them into our greater mission, provide them with technologies to flourish and encourage them to assume our mission as their own. These worlds act as seeds in the cosmos for expanding humanity's reach. An extinction event in one place will not erase us from existence forever. We find islands of humanity in the great ocean that is the universe and grow them into continents.

I will communicate to the central government our contact with life from an earth civilization that is not human or mammalian but is humanoid, intelligent, and capable of space flight. I doubt they will consider inviting this species to join our civilization.

Captain Dimetrous has invited my crew to dinner. My ship began with a crew of forty. We are down to eight. The explosion and shipwreck killed many, and survival in a world of large predators killed more. In comparison to the reptilian humanoids, we human mammals are physically frail. They have armored, thicker skin. They are endothermic but require a warmer environment than we do; otherwise, they become slightly sluggish. They prefer a higher temperature, but to accommodate both our species, the temperature on the ship was adjusted somewhere between the comfort requirements of our different species. To achieve their preference, they have repurposed equipment to wear on their arms or torsos that generates additional heat for their bodies.

At the dinner, I am certain the captain will ask about our purpose for being in this part of the cosmos, our planet, our technology, and our military and whether we are on a mission of conquest.

I am concerned that while the captain is friendly and considers us allies because of our shared experience, his government might treat us differently. I do not yet expect to become a hostage, but we are heading toward one of their starbases, and people at higher levels of authority will undoubtedly ask us more questions.

The people back home have information on our original destination and flight path. Our government will be looking for us and will almost certainly send many ships. They will accept no delay in our return. As the time between their awareness of our becoming lost and our rescue grows, they will put more resources into the effort. They will begin with fast scout ships and then move on to dreadnoughts and battlecruisers. We have been missing for so long that the escalation must be underway.

Capítulo 34: Cena

La mesa está puesta y hay muchos platos de comida para elegir. Cada uno lleva su propio plato, se sirve y se integra a la mesa principal. La discusión es relajada y hay risas mientras se comparten historias. Los capitanes y tripulaciones de mando se sientan en un extremo de la mesa, y los ingenieros, médicos y el resto de la tripulación se sientan en el otro lado.

—Tuvimos la suerte de habernos unido en este mundo, si es que podemos llamar afortunado el hecho de haber naufragado—, dijo el Capitán Dimetrous.

— Lo afortunado de nuestro encuentro es que pudimos trabajar juntos. Solos, tal vez no hubiéramos sobrevivido—, dijo el capitán Galileo.

—A pesar de muchas diferencias y de nuestra incapacidad inicial para comunicarnos, comprendimos nuestra situación mutua, formamos un vínculo de confianza y dependimos unos de otros para recibir ayuda y apoyo.

—Nuestras dos tripulaciones se desempeñaron admirablemente.

— Como saben, tenemos la misión de llevar a nuestro Príncipe Neoraken, que también es Ministro de Asuntos Exteriores, a una conferencia de paz. Nunca hemos conocido a ningún pueblo de la especie humana. Nos has dicho que eres de un planeta Tierra. ¿Dónde está? ¿Y que era su propósito en esta región del espacio?

— Al igual que ustedes, también estábamos en misión diplomática, que reanudaremos una vez que nuestro pueblo nos recupere.

— ¿Es un mundo cercano a aquí o simplemente estabas atravesando este espacio porque el agujero de gusano facilitó ese viaje?

— Está mucho más lejano. Es una Tierra habitada por humanos. Buscamos establecer relaciones diplomáticas, comerciales y tecnológicas con civilizaciones de tipo Tierra habitadas por humanos.

— ¿Sólo por humanos? Nuestra Tierra está formada por habitantes reptiles. Es el linaje que floreció hasta convertirse en inteligencia y civilización. Es posible que mi gobierno quiera entablar relaciones con su gobierno y su civilización.

— Para mí es una idea agradable que forjemos una amistad entre nuestros pueblos. Se lo presentaré a nuestros líderes para que lo consideren, ya que solo ellos tienen la autoridad para establecer tal conexión.

—Voy a hacer lo mismo. Quizás se pongan en contacto.

La conversación continúa durante horas. Todos intentan ser generosos en sus interpretaciones y amables en sus respuestas, perdonando los errores de lenguaje y organización de los pensamientos transmitidos. Todos están tratando de sacar lo mejor de su situación juntos, compartiendo experiencias, decepciones, triunfos, vida familiar e intereses profesionales y pasatiempos similares.

Chapter 34: Dinner

The table is set, and there are many dishes to choose from. Everyone carries their own plate, serves themselves, and joins the main table. Discussion is relaxed, and there is laughter as stories are shared. The captains and command crews sit at one end of the table, and the engineers, doctors, and the remaining crew sit on the other side.

"We were fortunate to have come together in this world if we can call being shipwrecked fortunate," said Captain Dimetrous.

"The fortunate thing about our meeting is that we could work together. Alone, we might not have survived," said Captain Galileo.

"Despite many differences and our initial inability to communicate, we understood our mutual predicament, formed a bond of trust, and relied on each other for aid and support."

"Both our crews performed admirably."

"As you know, we are on a mission to deliver our Prince Neoraken, who is also the Minister of Foreign Affairs, to a peace conference. We have never met any people of your species. You have told us you are from an Earth planet. Where is it? And what was your purpose in this region of space?"

"Like yourselves, we were also on a diplomatic mission, which we will resume once our people recover us."

"Is it a world near here, or were you simply traversing this space because the wormhole facilitated that journey?"

"It is much further along. It is an Earth inhabited by humans. We are looking to establish diplomatic, commercial, and technological relations with Earth civilizations inhabited by humans."

"By humans only? Our Earth is made up of reptilian inhabitants. It is the lineage that flourished into intelligence and civilization. My government may want to pursue relations with your government and civilization."

"It is a pleasing idea to me that we should form a friendship between our peoples. I will present it to our leadership to consider, as only they have the authority to establish such a connection."

"I will do the same. Perhaps they will reach out to each other."

The conversation continues for hours. Everyone tries to be generous in their interpretations and kind in their responses, forgiving of mistakes in language and organization of thoughts conveyed. They are all trying to make the best of their situation together—sharing experiences, disappointments, triumphs, family life, and similar career interests and hobbies.

Capítulo 35: Capitán Dimetrous – Base Estellar

La base estelar es un fortaleza defensiva.
No pretendía extender el poder de nuestra
civilización hacia el exterior. No en este caso.
Ningúna nave va y viene en misiones militares ni
viene a atracar aquí para ser reabastecido y
reparado para reanudar su campaña.
Simplemente está destinada a ocupar un lugar,
un área grande dominada por un fortaleza
amenazador. Es una espina destinada a molestar
a todos los que puedan venir a esta región con
ambiciones de conquista. Tiene muchos cañones
de energía en constante exhibición y un exterior
fuertemente blindada. No hay naves dentro de
ella, excepto dos naves de exploración rápidas y
altamente maniobrables que se usarán como
naves de escape en caso de que la supervivencia
y la derrota inminente de la estación estén a la
mano. Las armas de la estación son poderosas,
de largo alcance y pueden defender un área
grande.

Llegamos dentro de su perímetro defensivo, transmitimos nuestros códigos de identidad y propósito en el área y se nos concede permiso para atracar. Estamos en una nave desconocida, por lo que los sistemas de armas han sido activados y armados. La zona de atraque suele utilizarse para las naves de suministro ocasionales que la visitan cada pocos meses. Una vez dentro, vemos que los alojamientos son rústicos y desnudos. No hay nada que proporcione gracia al lugar. Puede que esté hecho de materiales avanzados, pero todo parece hormigón, hierro y óxido.

Veo muchas armas pesadas y armaduras. Hay una determinación de sobrevivir. Lucharán hasta el último individuo. Me alegro de haberles convencido de que nos abrieran las puertas. Su comportamiento me hace sentir que debo moverme con cautela y no dar un paso donde ellos no deseen que lo haga. No quiero alarmarlos. La desconfianza y el sentimiento de vulnerabilidad son elevados. Aislados y lejos de refuerzos, son extremadamente autosuficientes. Hay muchos soldados posicionados en el interior del área de atraque.

—La bienvenida a bordo. Bienvenido a la base estelar Galagot. No esperábamos invitados. Soy el comandante de la estación Astruvius. Hemos comunicado su situación y dificultades a las autoridades pertinentes, quienes confirmaron su información. Están al tanto de su llegada a esta estación y se alegran de que se encuentren en camino a su misión diplomática. Agradecemos la oportunidad de satisfacer sus necesidades. Ustedes son nuestros invitados.

No es una cálida bienvenida. El comandante de la estación da la impresión de ser deshonesto. A pesar de sus palabras y la sonrisa forzada, parece infeliz. Parece haber una silenciosa rabia y disgusto en su actitud. Tiene que ser por nuestra presencia, que el puede considerar un inconveniente, o quizás se ha olvidado de las sutilezas sociales debido a la lejanía de la base y las oportunidades para practicar esas habilidades. La sonrisa se desvanece rápidamente y nunca vuelve a aparecer.

—Gracias. Gracias por permitirnos detenernos en su estación. Lo siento si le molestamos. Me imagino que tienen pocos invitados y siempre deben estar atento para defender y proteger los intereses del imperio—, dijo el Capitán Dimetrous

— No supone ningún inconveniente. Venga. Debemos consultar los detalles de sus necesidades y hacer preparativos para ayudarle a seguir su camino y continuar su misión. Tus invitados, tus aliados en esta situación, serán escoltados al confinamiento. No pueden deambular libremente por la estación por razones de seguridad—.

—Entendemos. Los llevaremos con nosotros cuando nos vayamos.

— Puede que eso no sea posible, pero esperaremos la decisión de la sede. En cuanto su nave, tiene un diseño alienígena, que no es familiar. No somos un astillero, pero conseguiremos que los robots de la estación lo reparen tanto como puedan. Probablemente sea un transporte mejor y más seguro para el Príncipe que nuestras naves de exploración.

El comandante de la estación nos lanza una última mirada penetrante. Entonces, parece

que su mente se retira a un interior profundo ya
que no ve ninguna razón para permanecer en la
superficie para hablar o comunicarse con
nosotros. Él se da vuelta y se aleja, y nosotros lo
seguimos. Los soldados se acercan para hacer
gestos y redirigir a los humanos a su
confinamiento.

Station Commander Astruvius

Chapter 35: Captain Dimetrous - Starbase

The starbase is a defensive fort. It was not meant to extend the power of our civilization outward. Not in this case. No ships are coming and going on military missions or coming here to dock to be resupplied and repaired to resume their campaign. It is just meant to hold a place, a large area that is overlooked by a threatening fort. It is a thorn intended to annoy all others who may come to this region with any ambitions of conquest. It has many energy cannons on constant display and a heavily armored exterior. There are no ships within it except for two highly maneuverable and fast scout ships to be used as escape vessels should the survival and imminent defeat of the station ever be at hand. The station's weapons are long-range, powerful, and can defend a large area.

We arrive within its defensive perimeter, transmit our identity codes and purpose in the area, and are granted permission to dock. We are in an unfamiliar ship, so the weapons systems have been activated and armed. The docking area is usually used for the occasional supply ships that visit every few months. Once inside, we see that the accommodations are rustic and bare. There is nothing to provide any grace to the location. It may be made of advanced materials, but it all looks like concrete, iron, and rust.

I see a lot of heavy weapons and armor. There is a determination to survive. They will fight to the last individual. I am glad we convinced them to open the doors to us. Their demeanor makes me feel I must move cautiously and not step where they may not wish me to. I do not want to alarm them. The distrust and sense of vulnerability are high. Isolated and far from reinforcements, they are extremely self-reliant. There are many soldiers positioned around the inside of the docking area.

"Welcome on board. Welcome to Starbase Galagot. We were not expecting any guests. I am station commander Astruvius. We have communicated your situation and difficulties to the relevant authorities, who

confirmed your information. They are aware of
your arrival at this station and are glad that you
are on your way to your diplomatic mission. We
welcome the opportunity to provide for your
needs. You are our guests."

It is not a warm welcome. The station
commander comes across as dishonest. Despite
his words and the forced smile, he looks
unhappy. There seems to be a quiet simmering
rage and disgust in his manner. It has to be due
to our presence, which he may regard as an
inconvenience, or perhaps he has forgotten the
social niceties due to the remoteness of the base
and opportunities to practice those skills. The
smile quickly fades and never reappears.

"Thank you. Thank you for permitting us
to stop at your station. I am sorry if we
inconvenienced you. I imagine you have few
guests, and you must always be vigilant to
defend and protect the interests of the empire,"
said Captain Dimetrous.

"It is no inconvenience whatsoever.
Come. We must confer on the details of your
needs and make preparations to help you be on
your way and continue your mission. Your

guests, your allies in this situation, will be escorted to confinement. They are not free to wander the station freely for security reasons."

"We understand. We will take them with us when we leave."

"That may not be possible, but we will await the decision from headquarters. Regarding your ship, it has an alien design, which is unfamiliar. We are not a shipyard, but we will get the station robots to make repairs to it as much as they are able. It is probably a better and more secure transport for the Prince than our scout ships."

The station commander gives us one more final penetrating look. Then, it seems his mind retreats into a deep interior as he sees no further reason to remain on the surface to speak or communicate with us. He turns and walks away, and we follow. Soldiers come up to gesture and redirect the humans to their confinement.

Station Commander Astruvius

Capítulo 36: Capitán Galileo

Estamos retenidos en una celda de prisión. Nos registraron antes de meternos aquí. Encontraron y se llevaron todas nuestras pequeñas tecnologías portátiles. También nos sometieron a máquinas para escanear nuestros cuerpos. No detectaron el transpondedor en mi piel. Su señal continúa hacia casa, me identifica y proporciona información sobre mi ubicación. Ellos vendrán. El alcance es extremadamente largo, pero nos hemos estado moviendo y es posible que estén buscando a lo largo de la ruta planificada originalmente hacia nuestro destino. Es posible que el Capitán Dimetrous nos haya llevado muy lejos de su alcance.

La nave que hemos utilizado para nuestros viajes se ha convertido en un híbrido de tecnologías entrelazadas y fusionadas de varios naves y obligadas a operar juntas. Mis superiores pueden percibir un problema relacionado con la integración de nuestras tecnologías en un buque extranjero. Quizás quieran hacer algo al respecto.

Ese algo podría ser visto como un insulto por nuestros nuevos amigos. Lo quitaremos o lo destruiremos. No hay opción ni alternativa.

La posibilidad de formar una conexión diplomática y cultural con una civilización de reptiles humanoides es poco probable. Nuestra única misión y propósito es contactar mundos humanos en el multiverso. Estamos asegurando la supervivencia de nuestra especie y, por el momento, es posible que las alianzas con otras no se consideren necesarias. Una vez que lleguen nuestras naves, nos pondremos en camino pacíficamente, pero eso puede decidirse por cómo nos traten. Si deciden mantenernos cautivos para interrogarnos o maltratarnos de alguna manera, entonces se convierten en enemigos. Y nuestra flota de rescate responderá adecuadamente.

Chapter 36: Captain Galileo

We are being held in a prison cell. They searched us before putting us in here. They found and took all of our small handheld technologies. They also put us through machines to scan our bodies. They did not detect the transponder in my skin. Its signal continues toward home, identifies me, and provides information on my location. They will come. The range is extremely long, but we have been moving, and they may be searching along the original planned route toward our destination. Captain Dimetrous may have taken us far out of range.

The ship we have used for our travels has become a hybrid of technologies meshed and fused from several ships and forced to operate together. My superiors may perceive a problem concerning the integration of our technologies into a foreign vessel. They may want to do something about it. That something might be seen as an insult by our new friends. We will either remove it or destroy it. There is no option or alternative.

The possibility of forming a diplomatic and cultural connection with a civilization of reptilian humanoids is unlikely. Our sole mission and purpose is to contact human worlds in the multiverse. We are ensuring the survival of our species, and at the moment, alliances with others may not be seen as necessary. Once our ships arrive, we will be on our way peacefully, but that may be decided by how they treat us. If they choose to keep us captive for interrogation or mistreat us in any way, then they become an enemy. And our rescue fleet will respond appropriately.

Capítulo 37: Capitán Dimetrous

El comandante de la estación nos lleva a una sala de conferencias. No está interesado en hablar con nosotros, pero tiene un trabajo que hacer. No le gusta ni aprecia que ninguno de nosotros esté aquí. Parece que todo le produce algún tipo de dolor físico o emocional contenido. Está luchando con algo. Me mira como si apenas pudiera evitar que su mente explotara y se dispersara y comenzara a buscar algo en qué concentrarse que pudiera ser más agradable.

Intenta ocultármelo pero ve en mi cara que no lo consigue. Puedo ver cómo se desarrolla una corriente de ira, y si él pudiera simplemente matarme aquí para deshacerse de mí, lo haría. El tiempo pasado en una isla aislada y solitaria en el espacio, con un contacto infrecuente con la gente y la civilización, puede hacer que la mente de una persona desee lugares mejores. Tener un puesto asignado que es como un exiliado lo hace soñar con tiempos más felices. ¿Cuánto tiempo ha tenido que soportar esta realidad? Está encadenado aquí y la única salida puede ser mediante el uso de sustancias que le brinden posibilidades alternativas. Sólo estoy haciendo suposiciones, pero esa puede ser la vía de escape a la que espera volver. Sólo ha regresado lo suficiente de su viaje interior para hablar conmigo coherentemente. Esta realidad le resulta odiosa y siempre está aquí.

— Capitán Dimetrous, ha traído gente con usted. Alienigenas. Ellos representan un problema aquí.

— Son pacíficos y cooperativos. Ninguno de nosotros tenía otra opción en la situación en la que nos encontrábamos. Nuestras naves resultaron dañadas y naufragamos en el mismo planeta. Sobrevivimos trabajando juntos. El príncipe vive y nuestra misión continúa gracias a la ayuda de ellos.

— Sin embargo, son un problema de seguridad. Estarán encerrados mientras tanto y dependerá de las personas de nivel superior decidir si permanecerán encarcelados y por cuánto tiempo.

—Podemos sacarlos de la base cuando nos vayamos.

— ¿Y llevarlos a dónde? ¿Estarán contigo en la conferencia de paz? Allí se considerarían un problema de seguridad aún mayor. Están mejor aquí en nuestra celda de la prisión.

—Preocupaciones de seguridad. Ambos apreciamos que no haya brechas ni agujeros en nuestra seguridad. Creo que estar estacionado aquí en esta base tiene efectos indeseables en un comandante. ¿Sufres de depresión, aburrimiento o ansiedad? ¿Este puesto no tiene sentido o proposito para ti? ¿O te sientes enfermo?

— ¿A qué te refieres?

— La seguridad es importante. Creo que hay algo más de qué preocuparse aquí en su estación. He observado y he llegado a la conclusión de que usted está bajo la influencia de alguna sustancia. Si no estás en tu mejor estado de alerta mental, puedes tomar decisiones con mal juicio, lo que puede resultar costoso para el imperio. ¿Sus subordinados también se encuentran frecuentemente en un estado similar? Quizás tenga que informar de este fallo en la amplia red de medidas de seguridad entrelazadas que intentamos mantener para nuestro bienestar colectivo. Me estás demostrando que eres un eslabón débil.

— No estoy comprometido. No hay ningún eslabón débil. Tengo el control de mí mismo y de la estación. No hay nada de qué preocuparse aquí. Estos extraterrestres humanos permanecerán en sus celdas hasta que reciba órdenes diferentes. No los liberarás mediante manipulación o coerción.

Nuestra reunión es interrumpida por un tripulante que irrumpe por la puerta y grita.

— Comandante, disculpe esta interrupción. Nueve naves han aparecido fuera del perímetro de seguridad. Llegan a gran velocidad y cruzarán la frontera en aproximadamente 30 segundos.

La perpetua neblina en los ojos del comandante se aclara y parece cobrar vida. La lucha interna ha desaparecido y su mente está clara. Me he vuelto inexistente para él. Corre hacia el puente y toma el control. Él está al mando.

Chapter 37: Captain Dimetrous

The station commander takes us to a conference room. He is not interested in speaking with us, but he has a job to do. He does not like or appreciate any of us being here. It looks like everything produces some kind of restrained emotional or physical pain for him. He is struggling with something. He looks at me as if he can only barely keep his mind from exploding and scattering and start seeking something to focus on that may be more enjoyable.

He is trying to conceal it from me but sees in my face that he is unsuccessful. I can see a current of rage develop, and if he could simply kill me here to get rid of me, he would. Time spent on an isolated, lonely island in space with infrequent contact with people and civilization can make a person's mind wish for better places. Having an assigned post that is like an exile has him dreaming of happier times. How long has he had to endure this reality? He is chained here, and the only escape may be through the use of substances that bring alternate possibilities. I am only making suppositions, but that may be the escape he is hoping to get back to. He has only returned enough from his internal voyage to speak with me coherently. This reality is hateful to him, and it is always here.

"Captain Dimetrous, you have brought people with you. Aliens. They represent a problem here."

"They are peaceful and cooperative. None of us had any choice in the situation we found ourselves in. Our ships were damaged, and we were shipwrecked on the same planet. We survived by working together. The prince lives, and our mission continues because of their help."

"They are a security concern, nonetheless. They will be locked up for the duration, and it will be up to the higher-level people to decide if they are to remain imprisoned and for how long."

"We can take them off the base when we leave."

"And take them where? Are they going to be at the peace conference with you? They would be regarded as an even larger security concern there. They are better off here in our prison cell."

"Security concerns. We both appreciate there being no gaps or holes in our security. I think your being stationed here on this base is having effects on you that are undesirable in a commander. Do you suffer from depression, boredom, or anxiety? Is this posting meaningless to you? Or are you feeling ill?"

"What are you getting at?"

"Security is important. I think there is something else to worry about here on your station. I have observed you and concluded that you are under the influence of some substance. If you are not up to your best mental alertness, you may make decisions using poor judgment, which may be costly for the empire. Are your subordinates also often in a similar state? I may need to report this failure in the comprehensive web of interlocking security measures that we try to maintain for our collective welfare. You are demonstrating to me that you are a weak link."

"I am not compromised. There is no weak link. I am in control of myself and the station. There is nothing to worry about here. These human aliens will remain in their prison cells until I receive different orders. You will not argue them free through manipulation or coercion."

Our meeting is interrupted by a crewman who barges through the door and shouts.

"Commander, pardon this interruption. Nine ships have appeared outside the security perimeter. They are inbound at high speed and will cross the border in approximately 30 seconds."

The perpetual haze in the commander's eyes clears, and he seems to come to life. The internal struggle is gone, and his mind is crisp. I have become nonexistent to him. He runs out onto the bridge and takes control. He is in command.

Capítulo 38: Rodeado

—Han cruzado la frontera y están al alcance de las armas—, dijo el alférez.

— Arme todos los sistemas y levante los escudos. Encienda generadores y respaldos. Apunta a ellos y dispara cuando estés listo. Toda la tripulación, vayan a sus puestos—. Grita el comandante Astruvius.

— Varios golpes directos. No reducen la velocidad ni realizan maniobras evasivas. Están manteniendo su formación—.

—Es bastante descarado por su parte penetrar nuestro territorio directamente y luego hacer una línea recta hacia la fortaleza.

— Han roto la formación y han comenzado a disparar contra nosotros. Nuestros escudos aguantan. Son muy rápidos.

— Estamos enviando inútilmente muchos torpedos al espacio vacío. No hacen contacto o golpean nada. Reduzca nuestra velocidad de disparo de torpedos en un setenta y cinco por ciento. Aumenta el uso de armas de energía. Intenta crear redes para acorralarlos y luego apuntar a aquellas zonas con una alta concentración de torpedos—, ordena el comandante Astruvius.

— Sus naves son casi el equivalente a nuestra base en poder y armas. Naves tan grandes no deberían ser tan maniobrables. Están pululando a nuestro alrededor—.

—Dimetrous, ¿te has encontrado alguna vez con naves de este tipo? — pregunta Astruvius.

—No. Nunca.

— ¿Y nuestros huespedes? Los humanos. Trae al capitán aquí rápidamente.

Galileo es llevado al puente con esposas en las muñecas. El comandante le grita.

—Dime, ¿conoces estos naves?

—Sí. Están aquí para mí. Estos son las naves de mi pueblo.

— Comunicaciones abiertas. ¡Alto el fuego! ¡Tenemos humanos a bordo!

El comandante no ve ninguna razón para morir protegiendo a los humanos. No tiene idea de lo que quieren con Galileo o su tripulación. Pueden ser criminales que serán llevados ante la justicia, o pueden ser personas consideradas importantes y que deben ser rescatadas a cualquier precio. No le importa. Esta lucha no es vital para el imperio y los recursos deberían gastarse bien.

— Este es el comandante Astruvius de la base estelar Galagot. No tenemos ningún deseo ni interés en pelear con su gente. No mantenemos prisionero a Galileo por ningún interés particular que podamos derivar de su presencia. Él y su tripulación serán entregados a usted inmediatamente—.

La nave líder responde: — Enviaremos un transbordador para que atraque en su base. Por favor envíe al Capitán Galileo y su tripulación con todo su equipo.

Las naves en el espacio desaceleran y establecen una órbita circular alrededor de la base. La lanzadera llegá al puerto de atraque en pocos minutos. Todas las naves detienen su órbita y luego toman una posición en una formación que apunta en dirección opuesta a la base estelar.

—Capitán Galileo—, Dimetrous se acerca para hablar con el capitán, —Esto puede ser mucho pedir, pero todavía tengo mi misión que completar, y el Atagara, aunque es una nave formidable, no está en las mejores condiciones en este momento para Garantizar que llevaré al Príncipe a donde necesita ir sano y salvo. El comandante Astruvius dijo que tienen algunas naves de exploración que podríamos usar, pero no son lo que necesitamos. ¿Puede tu gente llevarnos allí? ¿O pueden escoltar a el Atagara en parte o todo el camino?

"Dudo que quieran involucrarse en sus asuntos internos, pero lo preguntaré. Les explicaré a ellos por lo que hemos pasado. Te haré saber la decisión.

—Gracias. Todo lo que se pueda hacer, si es que se puede hacer algo, será apreciado.

—Gracias una vez más por todo. Aunque las circunstancias de nuestro encuentro fueron desafortunadas, tuve la suerte de conocer a una buena persona como usted—, dijo el Capitán Galileo.

Chapter 38: Surrounded

"They have crossed the border and are within weapons range," said the ensign

"Arm all systems and raise the shields. Power up generators and backups. Target them and fire when ready. All crew, go to your stations." Shouts Commander Astruvius.

"Several direct hits. They are not slowing down or taking evasive maneuvers. They are maintaining their formation."

"It is quite brazen of them to penetrate our territory directly and then make a straight line toward the fortress."

"They have broken formation and have begun to fire upon us. Shields are holding. They are so fast."

"We are uselessly sending a lot of torpedoes into empty space. They are not striking anything. Slow our rate of torpedo fire by seventy-five percent. Increase the energy weapons output. Try to create nets to corral them and then target those areas with a high concentration of torpedoes," orders Commander Astruvius.

"Their ships are almost the equivalent of our base in power and weapons. Such large ships should not be so maneuverable. They are swarming around us."

"Dimetrous, have you ever come across ships of this kind?" Astruvius asks.

"No. Never."

"What about our guests? The humans. Bring the captain here quickly."

Galileo is brought to the bridge with restraints on his wrists. The commander yells at him.

"Tell me, do you know these ships?"

"Yes. They are here for me. These are the ships of my people."

"Open communications. Cease fire! We have humans onboard!"

The commander sees no reason to die protecting the humans. He has no idea what they want with Galileo or his crew. They may be criminals who will be brought to justice, or they can be people regarded as important and who must be rescued at any cost. He does not care. This fight is not vital to the empire, and resources should be well-spent.

"This is commander Astruvius of the starbase Galagot. We have no desire or interest in a fight with your people. We are not holding Galileo prisoner for any particular interest we might derive from his presence. He and his crew will be released to you immediately."

The lead ship responds, "We will send a shuttle to dock with your base. Please send Captain Galileo and his crew with all their equipment."

The ships in space slow and establish a circular orbit around the base. The shuttle is at the docking port within a few minutes. All ships stop their orbit and then take a position in a formation pointing away from the starbase.

"Captain Galileo," Dimetrous walks over to speak with the captain, "This may be too much to ask, but I still have my mission to complete, and the Atagara, while a formidable ship, is not in the best condition right now to guarantee that I get the Prince to where he needs to go safely. Commander Astruvius said they have some scout ships we could use, but they are not what we need. Can your people take us there? Or can they escort the Atagara part or all of the way?"

"I doubt they want to get involved in your internal affairs, but I will ask. I will explain what we have gone through. I will let you know their decision."

"Thank you. Whatever can be done, if anything, will be appreciated."

"Thank you once again for everything. Although the circumstances of our meeting were unfortunate, it was my good fortune to meet a good person such as yourself," said Captain Galileo.

Capítulo 39: Capitán Dimetrous - Escolta

Han acordado escoltar al Atagara aproximadamente el noventa por ciento del camino. Explicaron que no quieren acercarse demasiado a nuestro planeta de destino con su pequeña flota de naves extremadamente poderosas, ya que esto podría causar alarma o provocar un incidente.

Después de nuestra experiencia juntos intentando sobrevivir en ese mundo, descubrí que confío en Galileo. Me siento seguro en esta nave, ubicado entre los buques más grandes, y que nuestro viaje será seguro. En este momento viajamos por el espacio normal a máxima velocidad. Tomará más tiempo, pero no nos arriesgaremos a encontrar otra trampa dentro de un pasaje de agujero de gusano.

Nos hemos comunicado con las autoridades del planeta, diciéndoles que viajamos en una nave diferente. Hemos enviado los códigos del transpondedor y las especificaciones del la nave. También les hemos informado de nuestros escoltas y que tienen la intención de separarse cuando estén a una distancia específica de su mundo, momento en el que viajaremos solos. Cuando los humanos nos dejarán no se especificó en las comunicaciones. Es un viaje de diez días desde la base estelar hasta la región fronteriza del planeta.

— Hasta aquí los llevaremos. Buena suerte. Espero que las negociaciones tengan éxito. Buen viaje—, dijo el capitán Galileo.

— Agradecemos la escolta. Buen viaje para usted también—, dijo Dimetrous.

No puedo evitar pensar que esta será la última vez que vea a Galileo. Él va a otra parte del universo y pertenece a una civilización y especie diferente. Nuestro tiempo juntos fue breve y lo pasamos tratando de descubrir cómo superar un dilema tras otro.

Aterrizamos de emergencia antes que su tripulación y pudimos explorar y aprender sobre el planeta. Reunimos recursos y establecimos campamentos. También sabíamos del enemigo y nuestro diplomático era el objetivo. Él y su tripulación fueron lo suficientemente amables como para permitirnos tomar la iniciativa en la determinación de las acciones necesarias para nuestra supervivencia colectiva.

Aprendí un poco sobre su gente. Son una civilización que está explorando el multiverso de nivel uno y están buscando humanidad en todos los mundos. Me parece que están poseídos por el miedo a su propia mortalidad, tanto a nivel individual como de especie. Tienen una extrema importancia personal y una arrogancia que me resulta completamente ajena. De nuestras conversaciones deduje que la extinción no es una opción que aceptarán como algo natural. Hasta cierto punto, puede ser que toda la vida animal luche contra esa inevitabilidad. Me interesaria tener en mis manos algunos de los textos filosóficos y religiosos de ellos. Aún así, me pregunto si ocurrió algo en algún lugar de su historia que provocó este nivel de autoconciencia, siendo continuamente conscientes de que pueden desaparecer para siempre como un tipo de forma de vida. Lo que sea que haya provocado este estado de ánimo puede haberlos reducido a sentirse insignificantes. Un vacío dentro de ellos de alguna manera alimenta la aparente arrogancia. Las especies van y vienen, pero se consideran joyas preciosas y regalos para el universo. Y ahora están tratando de volverse como dioses. Después de la inmortalidad, buscan. La naturaleza no los subyugará. Se niegan a someterse. Su tecnología es poderosa y es la herramienta que puede permitirles hacerse con una gran dominion sobre el espacio y afirmar que seguirán existiendo.

Quizás deberíamos adoptar una actitud similar respecto a nuestra existencia. Es posible que nos volvamos a encontrar con ellos, y puede que no sea en términos amistosos. Como cualquier especie invasora, buscarán alterar el orden natural de un entorno y volverse dominantes. Quizás algún día se interesen por nuestro espacio y regresen. A pesar del fuerte ataque a nuestra estación, hoy tuvimos un encuentro algo amistoso. Nos vamos como amigos, pero es posible que nos volvamos a encontrar en conflicto. Las motivaciones algún día pueden ser más siniestras. ¿Debería haber alguna expectativa de que una civilización expansionista como la suya respete las vidas, las culturas y los dominios de los demás?

En este momento, los humanos no tienen ningún interés en nosotros ni en nuestra región del espacio. Seguimos teniendo y disfrutando de nuestra independencia. Puede que estos no sean sus naves más poderosos. En la primera oportunidad, agregaré mis pensamientos al informe requerido del comandante de la estación al comando militar y haré mis recomendaciones. Deberíamos hacer algunos preparativos.

¿Cómo han ido mis pensamientos en esta dirección? Tengo la misión de transportar a un ministro de Asuntos Exteriores a un mundo que ha estado bajo nuestro dominio durante décadas, un mundo que conquistamos pero que consideramos demasiado incómodo para administrar. Les otorgamos una independencia limitada y se convertirán en socios y aliados.

Chapter 39: Dimetrous - Escort

They have agreed to escort the Atagara about ninety percent of the way. They explained that they do not want to get too close to our destination planet with their small fleet of extremely powerful ships, as this might cause alarm or provoke an incident.

After our experience together trying to survive in that world, I find that I trust Galileo. I feel secure in this ship, nestled among the larger vessels, and that our journey will be safe. At this time, we are traveling through normal space at maximum velocity. It will take longer, but we will not risk finding another trap inside a wormhole passage.

We have communicated with the planet's authorities, telling them we are traveling on a different ship. We have sent the transponder codes and ship specifications. We have also informed them of our escorts and that they intend to break away when they are a specific distance from their world, at which point we will travel alone. When the humans are to leave us was not specified over communications. It is a ten-day journey from the star base to the planet's border region.

"This is as far as we will take you. Good luck. I hope that the negotiations are successful. Safe journey," said Captain Galileo.

"We appreciate the escort. Safe journey to you as well," said Dimetrous.

I can't help but think this will be the last time I see Galileo. He is going to another part of the universe and belongs to a different civilization and species. Our time together was brief and spent trying to figure out how to get past one dilemma after another.

We crash-landed before his crew and were able to explore and learn about the planet. We gathered resources and set up camps. We also knew about the enemy, and our diplomat was the target. He and his crew were gracious enough to allow us to take the lead in determining the actions necessary for our collective survival.

I learned a little about his people. They are a civilization that is exploring the level one multiverse, and they are seeking humanity in all the worlds. It seems to me that they are possessed by fear of their own mortality, both individually and on a species level. They have extreme self-importance and an arrogance that is entirely alien to me. I gathered from our conversations that extinction is not an option they will accept as something natural. To some extent, it may be the way of all animal life to fight against that inevitability. I would not mind getting my hands on a few of their philosophy and religious texts. Still, I wonder if something occurred somewhere in their history that brought about this level of self-awareness, being continually aware that they may disappear forever as a type of lifeform. Whatever brought this frame of mind about may have reduced them to feeling insignificant. The emptiness somehow feeds the apparent arrogance. Species come and go, but they consider themselves precious jewels and gifts to the universe. And now they are trying to become like gods. After immortality, they seek. Nature will not subjugate them. They refuse to submit. Their technology is powerful, and it is the tool that may allow them to carve a large space for themselves and assert that they will continue to exist.

Perhaps we should adopt a similar attitude regarding our existence. We may meet them again, and it may not be on friendly terms. Like any invasive species, they will seek to overturn one environment's natural order and become dominant. One day, they may take an interest in our space and return. Despite their heavy attack on our station, we had a somewhat friendly encounter today. We leave as friends but may find each other again in conflict. The motivations may one day be more sinister. Should there be any expectation that an expansionist civilization like theirs will respect the lives, cultures, and domains of others?

At this time, humans have no interest in us or our region of space. We continue to have and enjoy our independence. These may not be their most powerful ships. At the first opportunity, I will add my thoughts to the required station commander's report to the military command and make my recommendations. We should make some preparations.

How have my thoughts gone in this direction? I am on a mission to transport a foreign affairs minister to a world that has been under our dominion for decades—a world we conquered but regard as too much of an inconvenience to administer. We are granting them limited independence, and they will become partners and allies.

Capítulo 40: Llegada

Llevamos más de tres horas viajando solos. Pronto estaremos ingresando a las fronteras regionales del planeta donde se llevará a cabo la ceremonia de paz. Las bases estelares a lo largo de esa frontera ya pueden detectarse con sensores de largo alcance.

Nos hemos autoimpuesto un silencio en las comunicaciones porque no queremos que nadie se dé cuenta de que estamos sin escolta militar en un nave averiada y sólo parcialmente reparada. Todo funciona en diferentes grados. Si es necesario, podemos aguantar un tiroteo durante un rato.

Siento que puedo relajarme un poco. Si íbamos a ser atacados, ya debería haber sucedido. Alguien ha querido provocar una respuesta del imperio intentando asesinar al diplomático que transportamos. Ellos fallaron.

Dependera de alguien en este planeta y alguien en mi gobierno descubrir quiénes son

estos asesinos y qué están tratando de lograr.
¿Son un pequeño grupo de delincuentes o parte
de una organización o movimiento más grande?
¿Será otro planeta o civilización que pretenda
involucrarse en esta región? ¿Son estos los
comienzos de una guerra por poderes?

En cuanto aterricemos y desembarque el
ministro de Asuntos Exteriores, podré lavarme
las manos de esta responsabilidad. Alguien
puede revisar mi informe y repasar sus detalles.

Bueno, eso sólo duró un momento. Fue
un pensamiento reconfortante. Me han
informado que tendremos que viajar juntos de
regreso a casa. Se ha enviado un nave a
recogernos y llegará en menos de dos semanas.
Me dijeron que lo acompañarían varios naves
militares. También me pueden pedir que agregue
a mi gente al destacamento de seguridad en el
planeta.

Cinco naves aparecen en frente a
nosotros. Aparecen a través de un desgarro en el
espacio, saliendo de algún pliegue o dimensión
invisible del universo. Debe haber un conducto
de agujero de gusano cerca y han abierto una
nueva salida. Las naves en nuestro camino son

del mismo tipo que nuestra nave actual, la nave que les quitamos a sus amigos asesinos, y el mismo diseño estructural y construcción que las que vimos ingresar a ese sistema solar. Estos son los buques de los enemigos y este será otro enfrentamiento violento.

Debieron haber calculado la velocidad máxima de nuestra nave y asumido que estaríamos en una ruta directa a este mundo. Su salida es oportuna. Mi navegante habla y su voz parece cansada.

—Señor, están dirigiendo las armas hacia nosotros y preparándose para disparar—. Se gira para mirarme y creo ver en sus ojos una mirada de dos mil metros. Todavía no ha llegado tan lejos. Está exhausto y confuso. Apenas podrá funcionar.

— Sigue mis instrucciones cuidadosamente. Escucha mi voz. Confía en mí. Vamos a salir de esto. Estamos casi donde necesitamos estar. Podrás descansar pronto. Tenemos que mantener nuetro juicio un poco más.

— Entendido, señor. Haré mi mejor esfuerzo.

No había pensado en su juventud. Esta puede ser su primera misión y la primera vez que entra en combate. Nuestra lucha de los últimos días debe haber agotado sus nervios. El no estará en su mejor momento.

El arma de energía enemiga nos golpea y los torpedos ya están sacudiendo la nave. Los cinco buques están bloqueando nuestro paso y tratar de flanquearlos no funcionaría.

—Acelerate. Es nuestra única opción. Necesitamos acercarnos al planeta y a las bases estelares. Envía una llamada de socorro. Quizás puedan enviar una flota para ayudarnos. Gira la nave sobre un eje horizontal. Dales diferentes placas de escudo de energía y generadores para que ataquen de modo que ninguno se sobrecargue. ¡Sala de maquinas! Estoy seguro de que lo sabe, pero estamos bajo ataque. Necesitamos más potencia para todo. Consíguenoslo si nos hace el favor.

Todos están haciendo lo mejor que pueden. Nadie ha tenido tiempo de recuperarse.

Como era de esperar, el fuego de las armas se vuelve más intenso a medida que nos acercamos a la línea de bloqueo. No podemos generar suficiente fuego de respuesta para que se muevan.

— Phillips establece un rumbo de colisión hacia la nave líder. Persige si es necesario. Cuando nos acerquemos, concentra todas nuestras armas en él. Toda tripulación preparence para abandonar esta nave. Tenemos un transbordador. Prepárense para la salida. Sala de maquinas prepare esta nave para la autodestrucción. La señal para la detonación es la proximidad al la nave líder.

Los robots de la estación repararon la bodega de carga y el compartimento del transbordador. Las puertas se abrirán para dejarnos salir. El Atagara se ha vuelto como un misil. Continúa acercándose a la nave líder y ha comenzado a liberar todo su arsenal. Ambos naves se están destrozando uno al otro. Leo la distancia en mi dispositivo portátil y luego doy la orden.

—Lanzamiento. Sácanos de aquí. ¡Ahora!

Salimos con el motor a toda potencia y las llamas y las ondas de choque de la colisión y la explosión nos persiguen y reverberan a través del transbordador. Enviamos señales de interferencia para confundir todos los sensores de todos las naves en el lugar de la batalla. Estaremos ocultos durante unos segundos. Aceleramos y conseguimos una ventaja decente delante de los cuatro buques restantes. Estamos en camino, pero no hay más cartas, mas opciones, para jugar. Estamos en una lanzadera pequeña y vulnerable con armas y escudos limitados que no durarán mucho bajo el fuego de estos grandes buques. Nuestra velocidad máxima es sólo un poco más de la mitad de lo que pueden hacer. Nos alcanzarán pronto una vez que se den cuenta de que no somos parte de los escombros.

—Envia un mensaje. Estamos perseguidos por hostiles. Pretenden destruir nuestra nave en el que viaja el Ministro de Asuntos Exteriores. Cinco buques nos persiguen. Estamos en un transbordador. Nuestra nave original fue destruida. Estamos enviando códigos de transpondedor, códigos de identificación militar y el código del ministro. Somos quienes decimos ser. Por esta ruta iremos a máxima velocidad. Enviar.

—Recibieron el mensaje y están respondiendo.

—Admitido. Estamos desplegando la flota para recibirlos.

La flota. Una flota. Cualquier flota. ¿Por qué nos enviaron solos? Me pregunto. Alguien en algún lugar debió pensar que algo así era posible. ¿Por qué nos enviaron solos? En algunos lugares la gente puede estar interesada en produciendo un incidente como excusa para la guerra. No sólo una pequeña rebelión con escaramuzas y ataques ocasionales e inconvenientes, sino una guerra real. Una en el que es posible la rendición o la destrucción total, donde se pueden obtener ganancias y ganar territorio a expensas de todos los que quieren la paz y vivir una vida sencilla y cómoda. ¿Quién en casa querría provocar un incidente? Y están estas naves extraterrestres con especies que tienen motivos privados para involucrarse y deben ser aliados de alguien en este planeta. ¿Traición de ambos lados?

Mi mente vuelve al presente. Sólo hubo un momento para estas reflexiones. Hablo con el navegante.

— Hay una base estelar en estas coordenadas cercas al planeta. Bordearemos la linea de las distintas estaciones, casi afeitando la piel de sus cascos, en nuestro camino hacia esa base estelar. Las armas de cada base estelar deberían dar a las naves perseguidoras algo en qué pensar y frenarlas. ¿Cuánto falta para la primera estación?

—Estaremos dentro del alcance de la primera base en menos de cinco minutos.

— ¿Cuánto falta para que estemos al alcance de las armas de las naves que nos persiguen?

—Tres minutos.

—¿Cuánto tiempo pasará hasta que una parte de la flota llegue aquí para proporcionar cobertura defensiva?

—Cuatro minutos.

Soy uno de esos pocos comandantes militares que no usa malas palabras ni lenguaje soez. Soy una joya rara y preciosa. Quiero decir algo para expresar un sentimiento para describir esta situación, pero no se me ocurre qué palabra usar. Lo abandono como inutil y el sentimiento pasa. Respiro profundo.

— Esto es lo que vamos a hacer. Aprecio tu gran talento para pilotar nuestra nave, pero yo tomaré el control del timón. Ve a la sala de maquinas y ayuda allí. Las armas sólo serán un desperdicio de energía porque no tenemos nada lo suficientemente poderoso para usar contra estas naves. Este transbordador podría ser un autobús volador, pero intentaré que haga algunos trucos. Aquí no hay opción de cápsula de escape.

— Ha sido un honor servir con usted.

¿Un honor? Suena como si hubiera aceptado que somos tan buenos como volados en pedazos, triturados a la inexistencia. Un honor. ¿Cuántas veces podemos apostar y salir vivos? Voy a hacer girar la rueda de la fortuna una vez más.

Chapter 40: Arrival

We have been traveling alone for more than three hours. Soon, we will be entering the regional borders of the planet where the peace ceremony is to be held. The starbases along that border can already be detected on long-range sensors.

We have self-imposed communications silence as we do not want in any way to make anyone aware that we are without a military escort on a damaged ship that is only partially repaired. Everything works to different degrees. If necessary, we can hold up in a firefight for a short while.

I feel I can relax a little. If we were going to be attacked, it should have happened by now. Someone has wanted to provoke a response from the empire by trying to assassinate the diplomat we transport. They failed.

It is up to someone on this planet and someone in my government to figure out who these assassins are and what they are trying to achieve. Are they a small group of rogues or part of a larger organization or movement? Could it be another planet or civilization that intends to get involved in this region? Are these the beginnings of a proxy war?

As soon as we land and the minister of foreign affairs disembarks, I can wash my hands of this responsibility. Someone can review my report and go over its details.

Well, that only lasted a moment. It was a comforting thought. I have been informed that we are going to have to travel back home together. A ship has been sent to pick us up and will arrive in under two weeks. I was told several military ships would accompany it. I may also be asked to add my people to the security detail on the planet.

Five ships appear in front of us. They appear through a tear in space, punching out of some unseen fold or dimension of the universe. A wormhole conduit must be nearby, and they have torn a new exit for themselves. The ships in our path are the same type as our current ship, the ship we took from their murderous friends, and the same structural design and build as the ones we saw enter that solar system. These are the ships of enemies, and this will be another violent confrontation.

They must have calculated the maximum speed of our ship and assumed we would be on a direct route to this world. Their exit is well-timed. My navigator speaks up, and his voice seems tired.

"Sir, they are locking weapons and preparing to fire." He turns to look at me, and I think I see a two-thousand-yard stare. He is not quite that far gone yet. He is exhausted and becoming confused. He will barely be able to function.

"Follow my directions carefully. Listen to my voice. Trust me. We will get through this. We are almost where we need to be. You can rest soon. We have to keep ourselves together a little bit longer."

"Understood, sir. I will do my best."

I had not thought of his youth. This may be his first mission and the first time he sees combat. Our struggle over the last few days must have exhausted his nerve. He will not be at his most efficient.

The enemy energy weapon strikes us, and torpedoes are already shaking the ship. The five ships are blocking our passage, and trying to outflank them would not work.

"Accelerate. It's our only option. We need to get closer to the planet and the starbases. Send a distress call. Maybe they can send ships to help us. Rotate the ship on a horizontal axis. Give them different energy shield plates and generators to strike so that none are overloaded. Engineering! I am certain you are aware, but we are under attack. We need more power for everything. Get it for us if you please."

Everyone is doing their best. No one has had any time to recover. As expected, the weapons fire is getting more intense as we approach the blockade line. We cannot generate enough return fire to get them to move.

"Phillips set a collision course for the lead ship. Pursue it if necessary. When we get closer, concentrate all our weapons on it. All crew prepare to abandon ship. We have a shuttlecraft. Prepare for departure. Engineering set the ship for self-destruct. The signal for detonation is proximity to the lead ship."

The robots at the station repaired the cargo hold and shuttle bay. The doors will open to let us out. The Atagara has become like a missile. It continues to get closer to the lead ship and has begun releasing its entire arsenal. Both ships are tearing each other apart. I read the distance on my handheld device and then give the order.

"Launch. Get us out of here. Now!"

We exit on full engine propulsion, and the flames and shockwaves of the collision and explosion pursue us and reverberate through the shuttle. We send out signal interference to confuse all sensors on all ships in the location of the battle. We will be concealed for a few seconds. We speed along and get a decent head start in front of the remaining four vessels. We are on our way, but there are no more cards to play. We are in a small, vulnerable shuttle with limited weapons and shields that won't last long under fire from these large ships. Our maximum speed is only a little more than half what they can do. They will catch up to us soon once they figure out we are not part of the wreckage.

"Send a message. We are under pursuit by hostiles. They intend to destroy the vessel carrying the Minister of Foreign Affairs. Five ships are in pursuit. We are in a shuttlecraft. Our original ship was destroyed. We are sending transponder codes, military identification codes, and the minister's code. We are who we claim to be. We will be coming in at maximum speed along this route. Send."

"They received the message and are responding."

"Acknowledged. We are deploying the fleet to meet you."

The fleet. A fleet. Any fleet. Why were we sent alone? I wonder. Someone somewhere must have thought something like this was possible. Why were we sent alone? People in some places may be interested in producing an incident as an excuse for war. Not just a little rebellion with occasional and inconvenient skirmishes and attacks but an actual war. One where total surrender or destruction is possible, profits can be made, and territory gained at the expense of everyone who wants peace and to live a simple, comfortable life. Who back home would want to cause an incident? And there are these alien ships with species that have their private motives for involvement and must be allies to someone on this planet. Betrayal from both sides?

My mind returns to the present. There was only a moment for these reflections. I speak to the navigator.

"There is a starbase at these coordinates close to the planet. We will skirt along the various stations, almost shaving the skin of their hulls, on our way to that one starbase. The weapons of each starbase should give the pursuing ships something to think about and slow them down. How long to the first station?"

"We will come into range of the first base in under five minutes."

"How long until we are in weapons range of the pursuing ships?"

"Three minutes."

"How long until some part of the fleet gets here to provide defensive cover?"

"Four minutes."

I am one of those rare military commanders who does not use curse words or foul language. Rare might not quite capture it. I am a rare, precious gem. I want to say something to express a sentiment for this situation, but I can't think of what word to use. I give it up as hopeless, and the feeling passes. I take a deep breath.

"This is what we are going to do. I appreciate your great talent at flying our ships, but I will take control of the helm. Go to engineering and help there. Weapons will only be wasted energy because we have nothing powerful enough to use against these ships. This shuttle may as well be a flying bus, but I will try to get it to do some tricks. There is no escape pod option here."

"It has been an honor serving with you."

An honor? He sounds like he has accepted that we are as good as blasted into pieces, shredded into non-existence. An honor.

How many times can we gamble and come through alive? I'm going to spin the wheel of fortune once more.

Capítulo 41: Nada Que Perder

No espero que estén contentos de que hayamos logrado destruir uno de sus naves. En realidad, supongo que destruimos dos de sus naves: la que capturamos y luego detonamos con la autodestrucción y la nave contra la que estábamos chocando. Sí, no pueden estar contentos de que hayamos logrado destruir dos de sus naves: dos naves grandes y elegantes.

Todavía nos persiguen y acortan distancias muy rápidamente. Existe la posibilidad de que simplemente nos hagan estallar, pero también existe la posibilidad de que prefieran capturarnos y luego transmitir públicamente una ejecución y hacer una declaración política de demandas al mismo tiempo. Espero que la segunda opción les resulte atractiva. Nos dará una pequeña posibilidad de sobrevivir.

—Sala de maquinas. ¿Cómo nos va en materia de poder?

—Todos los sistemas están casi en su máxima eficiencia.

—Bien. ¿Qué me puedes decir sobre los haz tractores de este vehículo?

—Son lo suficientemente fuertes como para empujar un asteroide del tamaño de una montaña si lo hacemos en el ángulo correcto.

— ¿Pueden actuar como un ancla a plena propulsión?

—Dame un minuto. Necesito hacer los cálculos.

— Estaremos en el campo de tiro en menos de dos minutos. Apresúrate.

—Sí, capitán. Puede funcionar como ancla.

—Bien. Enciéndelo y tenlo listo a mis órdenes.

—No podemos remolcar ninguno de esas naves si eso es lo que están planeando.

—Gracias. Eso no es lo que estoy pensando. Abre un canal de communicacion.

Persiguiente naves, este es el Capitán Dimetrous del transbordador de la extinta nave estelar Atagara. Deseamos negociar nuestra rendición".

La respuesta es inmediata. La voz no es del todo ronca, pero tiene un toque de disgusto e ira. Debo estar frustrándolos. Tener que reflexionar sobre la idea de la rendición y la negociación puede obligarlos a recurrir a emociones que requieren cierta comprensión y posiblemente compasión, y todo lo que quieran en este momento puede ser venganza y matarnos. Es posible que sientan que ver esta lanzadera explotar en un incendio de fuego será bastante satisfactorio, y ahora los estoy obligando a reducir su velocidad y pensar.

—¿Negociar? ¿Rendirse?

— He estado considerando nuestra situación. No vale la pena que mi tripulación muera por este diplomático. Lo entregaré si pueden perscindir de mi tripulación.

—Estarás dentro de nuestro alcance de armas en un minuto.

— Si seguimos avanzando, dentro de un minuto también estarás dentro del alcance de las armas de la base estelar. Y han desplegado una flota que llegará pronto. Estarías rodeado y superado en armas.

—Detén tu embarcación y prepárate para ser abordado.

— ¿Qué tal si cambiamos de dirección y nos dirigimos hacia ti? Nos alejaremos de la base estelar".

—Mantendremos nuestra posición fuera del campo de tiro de la base estelar.

La flota de cinco naves se detuvo y adoptó una formación cercana en forma de pentágono. Hemos dado media vuelta y corremos hacia ellos. No están disparando. Esperan que nos rindamos pacíficamente.

—Capitán, no somos una nave exploradora o de combate altamente maniobrable. ¿Qué estás haciendo?

— Estoy inventando cosas y luego probándolas. Prepara las armas para disparar. Esperemos que no estén preparados y no puedan calcular trayectorias lo suficientemente rápido como para atraparnos. Transfiera el comando de los emisores del haz tractor a esta consola.

—Hecho.

— Prepárense.

No reducimos la velocidad. El transbordador continúa avanzando hacia el grupo de naves y nosotros aceleramos más. Deben entender que, después de todo, no nos vamos a rendir. El transbordador gira en vuelo, girando hacia los lados a medida que avanza para evitar el fuego de armas de energía entrantes. El transbordador definitivamente no es una nave de combate elegante, pero al estar construido para carga y transporte significa que tiene una estructura reforzada. Paso por debajo del la nave grande y enciendo el rayo tractor. Se ancla cuando comienzo un gran arco y luego lo suelto para girar hacia otro nave. Abrimos fuego de nuevo. El daño es mínimo, pero su confusión y su fastidio deben ser altos. Realizo el mismo movimiento hacia otra nave, empujándonos hacia adentro a través del arco y liberando el rayo tractor. Nuestra velocidad aumenta a medida que tiro el transbordador hacia el punto de anclaje para forzar curvas más pequeñas.

Somos como un mono que se balancea frenéticamente entre los árboles mientras le disparan, aterriza sobre las personas, les rasca la cara, les da un mordisco y luego salta al siguiente para hacer lo mismo. Eso es lo que estamos haciendo. Las naves disparan torpedos y se golpean entre sí, nuestra nave los evade y se mueve de manera demasiado errática para apuntar con precisión. Se están causando daños unos a otros que nunca hubiéramos podido gestionar por nuestra cuenta.

Deben temer otro ataque kamikaze. Quizás piensen que estoy loco. Ahora es mejor derribarme que permitir que otra de sus preciosas naves sea destruida. Pensarán que no tenemos nada que perder. Y no tenemos. Las probabilidades están en nuestra contra y la muerte es casi segura a menos que intentemos cosas estúpidas como esta.

El diseño del esta nave es ideal para un transbordador de carga. Los generadores de rayos tractores y repulsores están ubicados en el cono frontal, en el techo, debajo de la nave y en los costados, con varios más pequeños en la parte trasera para maniobrar los objetos a el interior con cuidado. Los he utilizado todos para realizar estas maniobras acrobáticas de naves espaciales. Puedo empujarnos y tirarnos agresivamente. Capturé sus torpedos y misiles, los hice girar o cambié sus trayectorias para atacar naves de su flota. Una lluvia de sus proyectiles propios martilleándolos. Los esquemas de este transbordador deben enviarse a nuestra sede. Nuestro ejército puede considerarlo algo de lo que vale la pena hacer una copia.

— Capitán, va a destrozar la nave. No estaba diseñado para este tipo de tensiones—, dijo el ingeniero jefe Hyskotian por el intercomunicador.

— Es mejor destrozarlo de esta manera que con un torpedo. Mantennos en marcha y que las cosas sigan funcionando alli.

El transbordador pasa rozando cerca del casco de una nave estelar. Utilizo los rayos tractores para atraernos y, al mismo tiempo, uso rayos repulsores de enfoque estrecho para perforar agujeros en su nave con fuerza como arpones. Alterno y uso los repulsores para empujarnos agresivamente y los rayos tractores para sujetar secciones de la nave para arrancar.

Estoy destrozando sus naves y lanzándolas al espacio y a otras naves. Utilizo los escombros contra la nave del que los arranqué y los golpeo contra diferentes secciones de esa nave. Nos ralentiza por un segundo, pero luego uso los tractores para tirarnos hacia adelante como brazos y piernas largos que se extienden, se flexionan, empujan hacia adelante, empujan y saltan a otra embarcación. No podemos quedarnos en un lugar por mucho tiempo.

Su formación está empezando a separarse. Vamos a perder nuestra ventaja y podrán atacarnos con mayor eficacia. Es hora de que corramos a alta velocidad hacia la estación. Necesitamos acercarnos al campo de tiro de las armas de las estaciones espaciales.

Damos un último girada y abandonamos el grupo utilizando la máxima propulsión. Una flota del planeta se encuentra ahora dentro del alcance de los sensores y avanza en nuestra dirección. Nuestros minutos de salto de nave a nave les dieron tiempo para llegar. Las cinco naves que dejamos atrás deben enfrentarse a los cruceros de batalla y abandonar su persecución.

Al menos esa era mi esperanza. Están cayendo sobre el transbordador lo más rápido que pueden y posiblemente disparando todo lo que son capaces de hacer en rápida sucesión. Nuestros giros laterales son difíciles de realizar uno tras otro, pero ¿de qué otra manera podemos evitar ser destruidos? La base estelar ha comenzado a dispararles cuando se acercaron. Los naves enemigos están sufriendo graves daños. Desafortunadamente, están tomando una página de los episodios escritos recientemente en mi libro de acción. Apuntan sus naves directamente al corazón de la estación y explotan.

Una base estelar inutilizada permite a las otras naves continuar su persecución. Fijamos rumbo hacia la siguiente base estelar en la serie de estaciones que conducen hacia el interior del sistema solar, donde se encuentra el planeta de destino. Y el resultado es el mismo. Convierten su nave espacial en un misil Kamikaze y destruyen otra base estelar. Quizás piensen que es mejor no dejar un nave averiado para que lo estudiemos.

Dos bases estelares fueron destruidas en solo unos minutos y todavía hay dos naves persiguiéndonos con solo una base estelar por delante. Esta base estelar final no se esta conteniendo y está disparando de todo, armas de energía y torpedos, para intentar desintegrar la nave antes del impacto. La colisión fue inevitable. Sólo queda un nave y todavía nos persiguen.

La flota no esperaba que las cinco naves intentaran abrirse camino a través de la línea de defensa. An reaccionan con bastante rapidez y siguen a los intrusos. La última nave sufre graves daños y viaja a un cuarto de su velocidad anterior. Su velocidad continúa disminuyendo. No estamos haciendo mucho mejor, pero entraremos en la atmósfera del planeta en un minuto más. Su nave se ha detenido. Dispara un torpedo. Parece como si sus sistemas de objetivos estuvieran desconectados, inoperables, y el misil entrante no nos alcanzará. No nos golpea directamente, pero explota cerca. Nuestro transbordador tiembla y luego todo se oscurece.

Chapter 41: Nothing to Lose

I do not expect them to be happy that we managed to destroy one of their ships. Actually, I guess we destroyed two of their ships: the one we captured and then detonated with the self-destruct and the ship we were ramming into. Yes, they cannot be happy that we managed to destroy two of their ships—two big and fancy ships.

They are still pursuing us and closing the gap very quickly. There is a chance they will simply blow us up, but there is a possibility they may prefer to capture us and then publicly broadcast an execution and make a political statement of demands at the same time. I hope the second option is appealing to them. It will give us a slight chance of survival.

"Engineering. How are we doing on power?"

"All systems are nearly at peak efficiency."

"Good. What can you tell me about the tractor beams on this vehicle."

"They are strong enough to nudge a mountain-sized asteroid if we do it at the correct angle."

"Can they act like an anchor at full propulsion?"

"Give me a minute. I need to make the calculations."

"We will be in firing range in less than two minutes. Hurry up."

"Yes, captain. It can work as an anchor."

"Good. Power it up and have it ready at my command."

"We cannot tow any of those ships if that is what you are planning."

"Thank you. That is not what I am thinking. Open a channel. Pursuing ships, this is Captain Dimetrous of the shuttlecraft of the defunct starship Atagara. We wish to negotiate our surrender."

The response is immediate. The voice is not quite gravelly, but it does have a hint of disgust and anger. I must be frustrating them. To have to ponder the idea of surrender and negotiation may be forcing them to call upon emotions requiring some understanding and possibly compassion, and all they want at this time may be revenge and to kill us. They may feel that watching this shuttle explode into a fiery blaze will be quite satisfying, and I am now forcing them to slow down and think.

"Negotiate? Surrender?"

"I have been considering our situation. It is not worth the lives of my crew to die for this diplomat. I will hand him over if you will spare my crew."

"You will be in our weapons range within a minute."

"If we keep moving forward, you will also be within weapons range of the starbase within another minute. And they have deployed a fleet that will be here soon. You would be surrounded and outgunned."

"Stop your vessel and prepare to be boarded."

"How about we change direction and head toward you? We will move away from the starbase."

"We will hold position outside the starbase firing range."

The fleet of five ships has stopped and assumed a close pentagon-shaped formation. We have turned and are racing toward them. They are not firing. They expect us to surrender peacefully.

"Captain, we are not a maneuverable scout or fighter ship. What are you doing?"

"I am making things up and then trying them out. Prepare the weapons to fire. Let's hope they are unprepared and cannot calculate trajectories quickly enough to catch us. Transfer command of the tractor beam emitters to this console."

"Done."

"Brace yourselves."

We do not slow down. The shuttle continues to race toward the group of ships, and we accelerate more. They must understand that we are not going to surrender after all. The shuttle twists in flight, spinning sideways as it moves forward to avoid incoming energy weapons fire. The shuttle is definitely not a sleek fighter craft, but being built for cargo and transport means it has a reinforced structure. I pass under the large ship and engage the tractor beam. It anchors as I begin a large arc and then release to swing at another ship. We open fire again. The damage is minimal, but the confusion and the annoyance must be high. I perform the same swing at another ship, pulling us inward through the arc and releasing the tractor beam. Our speed increases as I pull the shuttle inward toward the anchor point to force smaller curves.

We are like a monkey frantically swinging through the trees as gunshots are fired at it, landing on people, scratching their faces, taking a bite, and then leaping to the next one to do the same. That is what we are doing. The ships fire torpedoes and strike each other, our vessel evading, moving too erratically to target accurately. They are inflicting damage on each other that we could never have managed on our own.

They must fear another kamikaze attack. They may think I am insane. It's now better to shoot me down than allow another one of their precious ships to be destroyed. They will think we have nothing to lose. And we don't. The odds are heavily against us, and death is almost certain unless we try stupid stuff like this.

The design of the ship is ideal for a cargo shuttle. The tractor and repulsor beam generators are located at the front cone, on the roof, under the craft, and on the sides, with multiple smaller ones at the rear to maneuver objects inside carefully. I have used them all to perform these spacecraft acrobatic maneuvers. I can push and pull us aggressively. I have captured their torpedoes and missiles, swung them around, or changed their paths to strike ships of their fleet. A rain of their own projectiles hammering them. The schematics for this vessel need to be sent to our headquarters. Our military may consider it something worth making a copy of.

"Captain, you are going to tear the ship apart. It was not meant for these kinds of stresses," said Chief Engineer Hyskotian over the intercom.

"It's better to tear it apart in this manner than with their torpedo. Keep us going, and keep things working over there."

The shuttle skims near a starship's hull. I use the tractor beams to pull us in, and at the same time, I use narrow-focus repulsor beams to punch holes into their ship forcefully. I alternate and use the repulsors to push us off aggressively and the tractor beams to hold onto sections of the ship to tear off. I am clawing their ships into pieces and hurtling them into space and at other ships. I use the debris against the ship I tore it from and slam it into different sections of that ship. It slows us down for a second, but then I use the tractors to yank us forward like long arms and legs extending, flexing, pulling us forward, pushing, and jumping off to another vessel. We can't stay in one place too long.

Their formation is starting to separate. We are going to lose our advantage, and they will be able to target us more effectively. It is time for us to make a high-speed run toward the station. We need to get within weapons firing range of the space stations.

We take a final swing and leave the group using maximum propulsion. A fleet from the planet is now within sensor range and moving in our direction. Our minutes of leaping from ship to ship gave them time to arrive. The five ships we leave behind must contend with the battle cruisers and abandon their pursuit of us.

At least, that was my hope. They are falling upon the shuttle as quickly as they can and possibly firing everything they are capable of in rapid succession. Our sideways rolls are difficult to perform one after the other, but how else do we avoid getting destroyed? The starbase has started firing on them as they have come within range. The enemy ships are taking heavy damage. Unfortunately, they are taking a page from the recently written episodes in my book of action. They aim their ships straight at the heart of the station and explode.

A disabled starbase allows the other ships to continue their pursuit. We set course for the next starbase in the string of stations leading toward the inner solar system where the destination planet is located. And the result is the same. They make their starship into a Kamikaze missile and destroy another starbase. They may think it best not to leave a damaged ship behind for us to study.

Two starbases were destroyed in just a few minutes, and there are still two ships in pursuit with only one starbase ahead. This final starbase is not holding back and is firing everything, energy weapons and torpedoes, to try and disintegrate the ship before impact. The collision was unavoidable. Only one ship remains, and they are still in pursuit.

The fleet was not expecting the five ships to attempt to barrel their way through the line of defense. They are reacting quickly enough and are following the intruders. The final ship is heavily damaged and travels at one-quarter of its former speed. Its speed is continuing to slow. We are not doing much better but will enter the planet's atmosphere in another minute. Their ship has come to a stop. It fires a torpedo. It looks as if their targeting systems are offline, and the incoming missile will miss us. We are not struck directly, but it explodes nearby. The shuttle shakes, and then everything goes dark.

Capítulo 42: Aterrizaje

Tenía que suceder. Así tenía que ser. Hemos perdido todo el poder. El transbordador se encuentra en caída libre, entrando en la atmósfera del planeta. Si tuviéramos un umbral mínimo de energía, podríamos alimentar los propulsores y obtener un ángulo decente para un aterrizaje forzoso que nos permitiera sobrevivir. No hay cápsulas de escape.

El ministro de Asuntos Exteriores me habla en el silencio de la caída libre antes de que la fricción y el rugido de la atmósfera incendian el aire a nuestro alrededor.

—Todo esto por lo que hemos estado pasando, nuestra dramática llegada, con la flota desplegada, una pequeña fuerza de invasión, naves kamikazes y bases estelares en explosión, no va a lucir bien para la conferencia de paz.

—En serio.

Abro otra pantalla en un dispositivo portátil para buscar en el inventario. ¿Hay algo que podamos usar en los próximos minutos?

— Puede ser que quienesquiera que sean estos antagonistas, hayan deseado iniciar una guerra entre nosotros y los habitantes de este mundo, pero también existe una gran posibilidad de que primero se produzca una guerra civil entre ellos. El tiempo dirá. La paz puede estar fuera de la mesa. Deberíamos tratar de no involucrarnos en sus asuntos internos, pero nuestro gobierno probablemente considerará lo que cada lado puede representar y favorecerá a uno sobre el otro.

—Por supuesto. Los intereses del imperio están siempre presentes. Si podemos influir el resultado, lo haremos—, afirmó el Príncipe.

Escucho pero no respondo. Sigo buscando en el inventario. Hay herramientas y carga inútil, pero aquí hay algo. Soga. Una mochila propulsora. Solo una. Este va a ser un aterrizaje terrible.

La mochila propulsora está diseñado para transportar objetos grandes. Tiene espacio para un piloto. Está blindado y, para mi sorpresa, tiene nódulos de proyección para rayos tractores y repulsores. Supongo que se utiliza para transportar carga desde algún lugar profundo del interior de un almacén hasta las proximidades del transbordador, donde los rayos tractores del transbordador pueden tomar el control y cargar los artículos. Sigo llamándola mochilla propulsora porque es un término conveniente, pero su propósito puede parecerse más a una carretilla elevadora. A mí me parece un mochilla propulsora y funciona de manera similar, excepto que usa una combinación de descargas de rayos repulsores y antigravedad.

Hay trajes que cada uno de nosotros puede usar y que cubren nuestro cuerpo y cabeza y proporcionan aire respirable. Les digo a todos que se pongan uno. La cuerda es lo suficientemente larga para que todos puedan engancharse a ella, y luego un extremo se conectara al jetpack, que usaré y pilotearé. Se abre la puerta de carga en la parte trasera del transbordador y luego bajamos y caemos uno tras otro, con un largo trozo de cuerda entre cada uno.

Salimos del transbordador de manera segura, y lentamente encendí el jet pack y subí a mi larga fila de pasajeros. Los tres de abajo recibieron instrucciones de llevar algún tipo de escudo, ya que pueden ser arrastrados por más tiempo antes de que podamos detenernos por completo. Encontré un campo amplio y llegamos al suelo con éxito. Ninguno de nosotros murió. Puede que encontremos los trajes raspados y rotos, algunos huesos rotos, pero hemos sobrevivido. He entregado con éxito a nuestro diplomático al planeta donde se llevará a cabo la conferencia de paz.

No pasó mucho tiempo antes de que nos recogieran y nos revisaran por problemas médicos y nos interrogaron sobre eventos recientes.

La conferencia comenzó según lo previsto y, a pesar del conflicto en el espacio, todos los delegados e invitados estaban ansiosos por continuar con el evento. Se tomó tiempo para presentar nuestra comprensión de la terrible experiencia que se desarrolló y expresar nuestro continuo interés en una relación mutuamente beneficiosa. Después de unos días de diversas preocupaciones expresadas por los delegados, se firmaron los documentos y comenzó una nueva era entre nuestros dos mundos y civilizaciones. El resultado fue positivo después de todo lo ocurrido.

Nos proporcionarán una nueva nave y pronto haremos el viaje de regreso a casa. Espero que sea un viaje sereno y sin incidentes.

Chapter 42: Landing

It had to happen. This is the way it had to be. We have lost all power. The shuttlecraft is in freefall, entering the planet's atmosphere. If we had a threshold minimum of energy, we could power the thrusters and get a decent angle for a survivable crash landing. There are no escape pods.

The Foreign Affairs minister talks to me in the quiet of freefall before the friction and the roar of the atmosphere sets the air around us ablaze.

"All of this that we have been going through, our dramatic arrival, with the fleet deployed, a small invasion force, kamikaze ships, and exploding starbases, isn't going to look good for the peace conference."

"No kidding."

I open another screen on a handheld device to search the inventory. Is there something we can use in the next few minutes?

"It may be that whoever these antagonists are, they may have wished to start a war between ourselves and the inhabitants of this world, but there is also a strong chance of a civil war among themselves first. Time will tell. Peace may be off the table. We should try not to get involved in their internal affairs, but our government will probably look at what each side may represent and favor one over the other."

"Of course. The interests of the empire are ever-present. If we can influence the outcome, we will," said the Prince.

I listen but do not respond. I keep searching through the inventory. There are tools and useless cargo, but here is something. Rope. A jetpack. One jetpack. This is going to be a terrible landing.

The jetpack is made to carry large items. It has space for one pilot. It is armored, and to my surprise, it has projection nodules for tractor and repulsor beams. I speculate that it is used to carry cargo from somewhere deep inside a warehouse to the vicinity of the shuttle, where the shuttle's tractor beams can take over and load the items. I keep calling it a jetpack because that is a convenient term but it may be more like a forklift in purpose. It looks like a jetpack to me, and it functions similarly, except it uses a combination of anti-gravity and repulsor beam discharges.

There are suits for each of us to wear that cover our bodies and heads and provide breathable air. I tell everyone to put one on. The rope is long enough for everyone to latch onto it, and then one end connects to the jetpack, which I will wear and pilot. The loading door at the shuttle's rear is opened, and then we drop out one after the other, a long piece of rope between each one.

We cleared the shuttle safely, and I slowly powered up the jet pack and pulled on my long line of passengers. The bottom three were instructed to carry some kind of shield as they may be dragged the longest before we can make a complete stop. I found a wide field, and we got to the ground successfully. None of us died. We may find the suits scraped and torn, some broken bones, but we have survived. I have successfully delivered our diplomat to the planet where the peace conference will be held.

It was not long before we were picked up and checked out for medical issues and questioned on recent events.

The conference started as scheduled, and despite the conflict in space, all the delegates and guests were eager to proceed with the event. Time was taken to present our understanding of the ordeal that developed and express our continued interest in a mutually beneficial relationship. After a few days of various concerns being expressed by the delegates, the documents were signed, and a new era between our two worlds and civilizations dawned. The result was positive after everything that occurred.

We are going to be provided with a new ship and will be making the return trip back home soon. I hope it is a serene and uneventful journey.

To purchase other books by Enrique Guerra, please visit the author's Amazon page using this QR code:

You can also subscribe to the author's blog at eguerra.substack.com